어쩌면 스무 번

어쩌면 스무 번

편혜영
소설

문학동네

차례

어쩌면 스무 번

올여름은 옥수수를 많이 먹게 될 것 같다.

옆집과 우리집 사이에 옥수수밭이 있었다. 몇 개쯤 서리하는 게 티나지 않을 정도로 넓은 밭이었다. 어림잡아 일만 평은 되는 것 같았다. 일만 평이나 거리를 두었으니 옆집이라 하기에는 다소 멀지만 서로에게 가장 가까운 이웃이긴 했다.

이삿짐을 풀던 날 밤, 찜질방 주인이 옥수수를 가지고 왔다. 중국 음식점에 배달을 부탁했는데 멀다고 거절당해서 난감하던 차였다. 사람을 들이기 마땅치 않았지만 아내는 잠깐이면 되겠다 싶었는지 문을 열어주었다. 방금 삶은 옥수수 단내에 혹해서였다. 우리는 종일 아무것도 먹지 못했다.

남자가 운영하는 숯가마 찜질방은 집에서 마을 쪽으로 삼 킬로

미터쯤 내려가면 있었다. 멀지 않은 곳에 아홉 가지 볼거리가 있어 구곡이라 불리는 계곡과 함께 신라시대 고찰도 있어서 한때는 휴가철이면 제법 관광객이 몰려들었다고 했다. 지금은 계곡 가까운 곳에 워낙 펜션이 많이 생겨 그런지 손님이 뚝 끊겼다고, 그래서 한여름인데도 숯을 피우는 대신 이렇게 옥수수나 삶아댄다고 주인이 앓는 소리를 했다.

옥수수는 맛이 괜찮았다. 주인이 찜질방 뒤쪽 채마밭에서 직접 키웠다는데 통이 가늘고 알이 듬성듬성했지만 무척 차졌다. 주인이 짐 쌓인 거실을 슬쩍 둘러보며 아직 젊은데 어떻게 여기로 이사를 왔느냐고 물었다. 아내가 옥수수를 먹으며 치매를 앓는 아버지 때문이라고 털어놓았다. 주인이 짐짓 놀란 표정으로 이곳이 고향인지, 아버지를 직접 돌보는지 하는 질문을 두서없이 던졌다. 아내는 얼결에 대답한 것을 후회하는지 못 들은 척 옥수수만 먹었다.

주인은 개의치 않고 도시에서 이런 산골로 오는 사람은 대개 건강상의 이유로 직접 재배한 채소를 저염식으로 먹을 작정이거나 도립공원 끝자락을 병풍으로 삼으려는 호사가뿐이라고 했다. 요즘 같은 시대에, 라고 말문을 열어 아버지를 모시는 아내를 치하하려나 했더니 손님 없는 거대한 찜질방을 버리지도 팔지도 삶아 먹지도 못하는 자신의 처지를 한탄하기 시작했다.

우리는 참고 들었다. 아내나 나나 질문이 많은 사람보다 말이 많은 사람이 낫다고 여겼다. 대답을 하다보면 어쩔 수 없이 거짓말을 하게 되지만 듣고만 있으면 그럴 일이 없었다. 가끔 고개를 끄덕이는 것으로 충분했다.

주인은 한참 혼자 떠들다가 우리가 잠자코 있는 걸 의식했는지 이 넓은 집에 단둘이 사는지, 부모님은 어느 요양원에 있는지, 부모를 돌보는 한편으로 무슨 일을 하려는지 물었다. 아내는 화제를 이어가고 싶지 않다는 듯 쟁반을 씻어서 돌려드리겠다며 자리에서 일어섰다. 나는 그 틈을 타서 근처에 배달이 가능한 식당이나 슈퍼마켓이 있는지, 약국과 병원은 어디인지 물으며 화제를 돌렸다. 눈치가 둔한 건지 말에 주린 건지 주인은 질문을 받자마자 식당 몇 곳과 인근 소매점, 약국 위치를 상세히 알려주었다.

그러고는 종교가 있느냐고 물었다. 지루한 전도가 시작되리라 여겼는지 아내가 소리 나게 쟁반을 내려놓았다. 주인은 신경쓰지 않고 내게 바짝 다가오더니 대뜸 전도사를 조심하라 일렀다. 인근에 옥황상제를 섬기는 종교의 총본산이 있는데, 시커멓게 차려입은 사람들이 무리 지어 다니며 헌금을 뜯는다고 했다. 말벗이나 할 겸 문을 열어주었다가는 곤란해진다고 충고했다. 한번 들이면 두번째는 명분이 없어 다시 들이게 되고, 그러다보면 제집처럼 드나드는 걸 당연히 여긴다고. 일단 안으로 들어오면 찬송을 불러대고 주술 같은 기도문을 외고 기어이 헌금을 받아야 돌아가는데, 그렇다고 상대하지 않으면 종일 그림자처럼 따라다니거나 문가나 찜질방 입구에 목석처럼 서서 기도문을 왼다고 했다.

“손님들이 찜질하러 왔다가 종교 집회 하는 줄 알고 그냥 돌아간 게 한두 번이 아니에요. 벌레 같다니까요. 하루살이요. 종일 눈앞에서 얼쩡대며 귀찮게 굴잖아요. 그러니 한 대 때려서라도 쫓아낼 수밖에 없지 않겠어요?”

주인이 동의를 구하듯 쳐다봤다.

“때렸다고요?”

내가 깜짝 놀라 물었다.

“글쎄요. 저희야 잘 모르죠.”

아내가 시계를 들여다보며 냉랭하게 대꾸했다. 그만 가달라는 말이나 다름없었다. 그는 언짢은 표정으로 아내를 쏘아보다가 건성으로 인사하고 자리를 떴다.

며칠 후 점심을 먹고 막 치우는데 초인종 소리가 들렸다. 따분하게 차려입은 여자 둘이 대문가에 서 있었다. 마당으로 나서는 나를 보더니 두 사람은 곧장 기도하는 자세를 취했다. 찜질방 주인이 조심하라던 전도사들 같았다. 길짐승을 쫓듯 저리 가라고 크게 손짓하고는 안으로 들어왔다.

여자들은 푸대접이 익숙한지 꿈쩍하지 않았다. 문가에 선 채로 노래 부르고 손을 모아 기도하고 만세를 부르고 다시 기도하고 노래하고 큰 소리로 경전을 읽었다. 아내나 내가 조금이라도 거실 창 가까이 가면 소리를 질러 말씀을 전하려 했다.

“옥황상제는 우리 생활을 자세히 관찰하십니다. 매년 행실을 평가해 상을 내리세요. 행태를 다 보고 벌도 내립니다. 전부 지켜보고 계십니다. 옥황상제는 언제나 그렇게 하십니다."

우리는 키득거렸지만 언제까지고 집안에서 비웃으며 버틸 수는 없었다. 이삿짐을 정리하다보면 살림을 추려왔음에도 어째서인지 버려야 할 게 또 생겼다. 여자들은 내가 쓰레기를 들고 마당으로 나가자 기다렸다는 듯 옥황상제가 다 보고 있다고 소리쳤다.

"옥황상제가 그렇게 한가해요? 어떻게 이 많은 사람들을 다 지켜봅니까?"

"누가 그걸 일일이 보나요. 다 보실 필요도 없지요."

나이 지긋한 여자가 상냥하게 대꾸했다.

"식구들은 서로서로 행태를 관찰하지요. 아주 가까이에서 볼 수 있죠. 그것이 매년 황제의 귀와 눈에 들어갑니다. 황제는 보지 않아도 다 아십니다."

"혼자 사는 사람은 잘 모르겠네요. 관찰할 식구가 없으니까요."

무슨 그런 농담을 하느냐는 듯 여자들이 실없이 웃었다.

"이렇게 좋은 집을 가진 걸 보니 황제께서 복을 많이 내리셨습니다."

"동네에서 제일 싼 집이에요. 내 집도 아니고 남의 집입니다."

"그럴수록 빨리 황제 복을 받아야지요. 그래야 집도 사고 땅도 사지요."

여자가 능숙하게 대꾸하고는 가방에서 책자를 꺼냈다. 오래 박대받은 경험으로 어떤 불리한 말을 들어도 대충 얼버무리게 된 모양이었다.

책자에는 알록달록한 천상계를 배경으로 도깨비처럼 무서운 얼굴의 옥황상제가 그려져 있었다. 읽어보기를 당부하며 여자가 책자를 내밀었다. 나는 뿌리쳤다. 책자와 함께 여자가 풀썩 바닥으로 쓰러졌다. 그럴 생각은 아니었는데 여자를 밀친 꼴이 되었다. 아내가 거실 커튼 틈으로 지켜보는 걸 의식하고 있었다. 여자도 그렇게 말하지 않았나. 식구들이 행태를 관찰한다고.

나는 사과하는 대신 두 손을 모아 합장하는 시늉을 했다. 넘어진 여자가 다른 여자의 부축을 받아 몸을 일으켰다. 여자는 황제가 보고 있다고 엄히 꾸짖듯 말하고는 걸음을 돌렸다. 황제가 눈살을 찌푸릴 것 같아서 하늘을 올려다봤다. 구름 한 점 없이 맑은 날이었다. 집안으로 들어가자 아내가 인상을 쓰며 옥황상제가 보고 있는데 무슨 불경한 짓이냐고 눈을 부라렸다. 우리는 웃음을 터뜨렸다.

며칠 지나서 이번에는 남자와 여자가 나타났다. 옷차림이 단조롭기는 마찬가지였다. 여자는 작은 서류 가방을 들고 있었는데 얼핏 성경책처럼 보였다. 그 때문에 이번에도 종교 전도사가 방문한 줄 알았다.

그들은 보안 회사에 다닌다고 했다. 우리가 멀뚱히 쳐다보자 남자가 울타리 쪽으로 다가와 아내에게 명함을 내밀었다.

"우리는 고객을 지켜드려요."

"지켜요?"

아내가 되묻자 남자가 대꾸했다.

"재산과 목숨이요. 우리 회사에서 하는 일이죠."

유니폼을 입은 여자가 그렇다는 듯 고개를 끄덕였다. 생명이 아니라 목숨이라니. 절박하고 간절해 보여서 웃음이 났다.

아내가 내게도 명함을 보여주었다. 생소한 이름의 보안 회사였는데 낯선 느낌이 들지는 않았다. 유니폼에 붙은 촌스러운 알파벳 로고 때문이었다. 두 사람의 소형차에도 로고가 붙어 있었다.

전도사들에 비하면 보안 회사 직원은 무해해 보였다. 우리가 원하면 굳이 몸을 밀치거나 넘어뜨리지 않아도 곧 돌아갈 듯했다.

아내는 선뜻 문을 열어주었다. 이삿날 아내는 이 집에 제일 필요한 게 경찰이라고 농담했다. 보기에는 나쁘지 않아도 치안에 아무 도움이 되지 않을 울타리와 대문, 집 뒤편을 둘러싼 무성한 숲, 구불구불한 길이 끝없이 이어지는 골짜기, 인적 드문 비포장도로를 언급하면서. 치안은 운이나 재수에 달린 문제라 집의 위치나 구조와는 무관하다고 말해보았지만 아내는 잠금장치를 늘려야 한다고 대꾸했다.

중개인은 이 집을 전망이 빼어나고 호젓한 별장지라고 소개했다. 도시에서 그 말은 강이 보인다는 뜻이었지만 여기서는 휑하다는 의미인 모양이었다. 지금이야 사방이 나무와 옥수수지만 수확

이 끝나면 나대지나 다름없을 것이다. 그래도 아내는 숨통이 트이는 기분이라고 했다. 비유적인 의미가 아니었다. 아내는 몇 차례 호흡곤란 증세를 겪었고 그게 이사의 이유 중 하나였다.

이사 후 며칠간은 보이스카우트 캠프를 온 듯한 기분도 없지 않았다. 매듭 묶는 법이나 빗물을 받아 식수로 쓰는 법을 배우고 텐트에서 등이 배겨 잠을 설쳐도 피로한 줄 모르는 캠프 말이다. 갈증과 모기에 고투하며 생존법과 구조법을 배우지만 일단 집에 돌아가면 그간 불편을 참아가며 배운 것들은 하나도 써먹을 데가 없어진다. 고생은 결국 아무런 쓸모가 없다.

여자가 양해를 구하더니 가방에서 노트를 꺼내 순식간에 집의 대략적인 형태를 그렸다. 그런 다음 두 사람은 집을 둘러보면서 창의 위치, 잠금 방식 등을 노트에 표시했다. 사방을 살피며 그렇게 한 후 다시 현관 앞에 서서 정면, 좌우 측면을 측량하듯 절도 있게 돌아보았다. 보안업체 직원이라기보다는 주택 시공업자처럼 보였다. 남자가 우리에게도 노트를 보여주었다. 다소 거칠지만 포인트를 제대로 짚어낸 그림이었다. 오른쪽 뒤편에 창고였음직한 작은 부속 건물이 있는데, 거기에 난 쪽창이 좌측이 다소 긴 직사각형이라는 것까지 정확하게 포착했다. 남자는 네 곳에 표시된 빨간색 동그라미를 가리키며 CCTV가 필요한 자리라고 했다.

두 사람의 전문적 태도에 호감을 느낀 아내는 그들을 테이블로 안내했다. 테이블은 이전 주인이 두고 갔다. 여러 사람이 자주 모여 앉았는지 얼룩과 흠집이 많았다. 알록달록한데다 찢어지기까지 해서 싸구려로 보이는 파라솔 때문에 테이블도 덩달아 볼품없어 보였지만 톱밥을 뭉쳐 만든 게 아니라 통나무로 짠 것이었다.

남자가 파란색 플라스틱 의자를 꺼냈다. 하필이면 한쪽 다리가 조금 짧은 의자였다. 이삿날 짐을 올려두었는데 균형을 잃으면서 넘어지길래 확인해보니 다리 끝이 부러져 있었다. 내다버리자고 하자 아내는 앉을 사람도 없는데 무슨 상관이냐고 했다. 맞는 말이었다. 우리는 이 집에 아무도 들이지 않을 작정이었다. 아내가 보안 시스템이 필요하다고 여긴 건 그 때문이었다.

의자에 앉은 남자는 몸이 기울지 않았다. 균형을 잡으려 애쓰지도 않았다. 의자 상태를 단박에 알아차릴 정도로 눈썰미가 좋은 모양이었다. 아니면 한쪽 다리가 짧은 줄 이미 알고 있었거나.

여자가 안내책자를 내밀자 남자가 오른손을 쫙 폈다. 두껍고 마디가 굵은 손이었다.

"오 분입니다. 경보가 울리면 오 분 안에 옵니다. 옆집에서 뛰어오는 것보다 빠릅니다."

"어떻게 오 분 안에 올 수 있죠?"

아내가 따지는 투로 물었다. 비용을 깎으려면 깐깐해 보여야 한다고 생각했을 것이다.

"무인경비는 신속한 출동이 기본입니다."

"경비대원이 대체 어디 있길래요?"

"지역을 기반으로 한 회사니까요. 인근에 정예 대원이 상주하고 있습니다."

"그러니까 여기 어디 상주할 데가 있다는 거예요?"

사방을 둘러보며 아내가 물었다. 아내는 그간 많은 걸 잃어왔는데 믿음이나 신뢰, 약속 같은 것만이 아니었다. 유머와 여유도 잃었다.

"가까운 곳에 본부가 있습니다."

"그렇게 가깝다니 불러보고 싶네요."

"그러려면 긴급상황을 만들어야죠."

아내는 남자의 농담에 대꾸하지 않고 궁금한 것부터 물었다. 비용 말이다. 남자는 더 할말이 있는 눈치였으나 아내가 의자에 등을 기대고 팔짱을 끼자 비용이 인쇄된 용지를 꺼냈다. 매달 지급하는 방식이었는데, 꽤 비쌌다. 아르바이트생의 한 달 치 급여 정도 되었다. 아내는 금액을 확인하고 용지를 남자 쪽으로 도로 밀었다.

"허허벌판에서 안전을 보장받는 겁니다."

"사찰이 있으니 부처님이 보호해주시겠죠. 아니면 옥황상제가 지켜주거나."

"부처님은 돌아가셨고 옥황상제는 하늘에 계시죠. 두 분 다 오 분 안에 오기 힘듭니다."

남자가 웃지 않고 말했다.

"경찰은 해마다 의미 있는 통계를 발표합니다."

듣고만 있던 여자가 입을 열었다. 목소리가 듣기 좋았다. 직장에 다닌다면 업무를 보는 대신 사내 아나운서를 할 것 같은 목소리였다.

"두 분께 주택의 안전과 관련한 통계를 말씀드려야겠네요. 외딴곳에 사시는 분이라면 꼭 알아야 할 통곕니다. 지난 한 해 발생한 절도 건수가 얼마나 될 것 같나요?"

생각해보라는 듯 여자가 우리를 번갈아 보았다.

"길거리에서 49,527건, 단독주택에서 19,515건, 아파트에서 14,333건 발생했습니다. 단독주택이 아파트보다 무려 1.36배나 많지요. 이게 다가 아닙니다. 강도, 살인, 강간 등의 범죄도 길거리에서 4,469건, 단독주택에서 2,487건 발생했습니다."

여자는 숫자를 더듬거나 자료를 참고하는 법 없이 말을 이었다. 능숙해 보이는 게 아니라 되는대로 수치를 인용하는 듯했다.

"길거리에 나서면 각종 범죄에 쉽게 노출됩니다. 그다음이 단독주택이고요. 단독주택에서 위험을 겪을 확률은 이웃이 누군지 모르는 아파트보다 1.36배, 별의별 사람이 모이는 유흥업소보다 1.4배, 누가 묵는지 모를 숙박업소보다 2.9배 높습니다. 집에 있다가 범죄를 당하는 거죠. 이런 골짜기 외딴집은 단독주택이 아니라 길거리로 보는 편이 낫습니다. 잠금장치가 허술한 모텔이나 폭력배가 드나드는 읍내 노래방이 이 집보다 안전합니다."

남자가 느긋한 표정으로 의자에 등을 기댔다. 이번에도 균형을 잘 잡았다.

"편의점을 빼먹었네요. 편의점은 밤새 불을 켜고 영업을 하니 누구나 아무런 제지 없이 드나들지요. 칼을 든 강도가 들어와도 의지할 데가 없습니다. 경찰서와 연결된 작은 버튼이 전부니 길거리나 다름없지요. 그런데도 단독주택이 편의점보다 4.26배 더 위험합니다. 안전 문제에 있어 이런 집에 사는 건 길거리에 텐트 치고 사는 것과 비슷하다는 뜻이죠."

여자의 말이 끝나자 남자가 태연한 표정으로 소리를 질렀다.

"아아악."

나는 귀를 틀어막았다. 아내가 벌떡 일어서서 집 쪽을 살폈다. 아무 일 없었다. 안에서 무슨 소리가 들리거나 커튼이 젖혀지거나 커튼 너머로 누군가 어른거리지 않았다. 남자는 여전히 의자에 앉아 우리를 향해 있는 힘껏 소리를 질렀다. 몸이 경직되지 않은 것으로 보아 신체 발작이 아니고 정신적인 문제 같았다. 남자가 얼굴이 벌게지도록 비명을 지르는데도 여자는 자주 있는 일이라는 듯 무표정했다.

이런 일을 겪은 적 있었다. 느닷없이 소리를 질러 모여 있던 사람들을 놀라게 한 일. 내가 그렇게 했다. 일단 비명을 지르기 시작하자 멈출 수 없었다. 몇 번이고 그렇게 했다. 아내는 사무실 상사에게 내 얘기를 전해들었다. 상사는 아내에게 두 번 다시 나를 출근시키지 말라고 했다. 병원에 입원시키라는 충고도 했다. 단지

소리만 질렀을 뿐이고 달리 나쁘게 군 게 아닌데도. 비명을 지르는 동안 땀을 뻘뻘 흘렸다. 비명을 지르는 일이 쉽지만은 않았다는 의미다. 문제는 왜 소리가 터져나왔는지 나 역시 모른다는 것이었다. 지금도 마찬가지였다. 아무리 시간이 지나도 이유를 알기 어려웠다.

여자가 손짓하자 남자가 비명을 멈추고 캑캑거렸다.

"죄송하지만 물 한 잔 주십시오."

나는 재빨리 안으로 들어가서 물을 가져왔다. 뭐든 제자리로 돌아오려면 매개가 필요한 법이다. 실컷 비명을 지르다가 아무것도 아닌 척하기는 아무래도 쑥스러우니까 물이라도 마셔야 한다. 남자는 단숨에 물을 다 마시고 태연하게 숨을 골랐다.

"이렇게 큰 소리가 났는데 아무도 안 왔습니다. 비명을 지르고 오 분이 지났는데 말이에요. 오 분은 긴 시간입니다. 심정지 환자를 죽일 수도 살릴 수도 있는 시간이죠."

여자가 말했다.

"이 집에서 가장 가까운 주택은 정확히 삼백오십오 미터 떨어져 있습니다. 아시다시피 두 집 사이에는 옥수수밭이 있고요. 이 지역 대학교수가 개발한 품종이라고 해서 대학옥수수라 불리며 마을의 명물이 됐죠. 빈 땅이 있으면 너나없이 다 심었어요. 요즘 같은 계절에는 옥수숫대가 웬만한 담장보다 높이 자랍니다."

여자는 광대한 밭 쪽으로 시선을 돌렸다. 옥수숫대가 푸른 하늘에 긴 뿌리를 내리꽂은 것처럼 뻗어 있었다. 여자가 잠시 숨을 고르더니 말릴 새도 없이 비명을 질렀다.

"아아악."

평온한 표정이지만 소리는 날카로웠다. 아내가 집 쪽을 보며 귀를 틀어막았다. 안에서도 소리가 들릴까. 나는 이제 괜찮았다. 시끄럽긴 해도 언젠가 그친다는 걸 알아서 참을 만했다.

한번 내지르면 다음에는 수월한 법이다. 악을 쓸수록 세상이 고요하고 온순해지므로 참을 도리가 없다. 비명이 터지기 직전의 기분을 잘 알았다. 가슴에 긴 끈이 걸린 기분. 조금만 캑캑거리면 끈을 쏙 빼낼 수 있을 듯한 기분. 일단 소리가 터지면 괜찮아졌다. 끈이 빠져나오니까. 그런 일이 반복되면 비명을 지르는 건 신발끈을 묶었다 푸는 일만큼이나 간단해진다.

곧이어 기계음이 울렸다. 여자가 가방에서 붉은빛을 내뿜는 작은 기계를 꺼냈다. 소리는 거기서 났다.

"이웃은 듣지 못해도 이 기계는 뭐든 듣습니다. 기계가 울리면 대원이 오 분 내에 출동하고요."

여자는 어느새 아나운서처럼 단정한 말투로 돌아가 있었다.

"이런 곳에 살면서 소리지를 일이 뭐가 있겠어요. 생각해보고 연락드릴게요."

아내가 떨리는 걸 감추려고 목을 큼큼거렸다. 남자가 굵은 팔을 테이블에 올려놓고 주먹을 쥐었다. 겁에 질려 지갑을 열도록 하는 게 영업 방식이라면 확실히 효과가 있어 보였다. 아무리 겁에 질려도 우리에게 열 만한 지갑이 없다는 게 문제였지만.

"젊은 나이에 이리로 온 거 보면 사정이 있지 않겠어요? 하지만 돈이란 건 없다가도 어떻게든 생기기도 하고 그러니까요. 목숨이야 하나지만 돈은 어디 그런가요?"

남자가 주먹을 풀어 테이블을 쓰다듬었다.

"노력하면 생기는 게 돈이죠."

여자가 거들었다.

"그럼 노력할 시간을 드리죠."

아량을 베풀듯 남자가 말했다. 여자가 테이블에 늘어놓은 안내 책자와 요금 안내문을 천천히 가방에 챙겨넣었다. 화를 내지 않도록 조심해야 할 정도로 시간을 끌었다. 여자는 마지막으로 주택 도면이 그려진 노트를 가방에 넣었다. 집이 그들 손에 넘어간 기분이었다. 가방을 다 꾸린 두 사람은 다시 방문하겠다며 처음과 마찬가지로 허리를 숙여 인사했다.

차가 언덕 아래로 사라지자 아내는 아까 그들이 한 것처럼 집을 살펴보았다. 장식적인 용도 외에는 별 쓸모 없는 낮은 울타리와 철문이 눈에 거슬렸다. 여자는 철문의 높이가 일 미터 십 센티미터라고 했다. 초등학교 입학생 평균 신장이 일 미터 이십 센티인 걸 감안하면 개나 고양이 말고는 아무것도 못 막는 높이라는 것이었다. 뒤늦게야 여자의 말하는 모양새가 내내 마음에 들지 않으면서도 딱히 반박할 수 없던 이유가 떠올랐다. 줄곧 수치를 섞어 말했기 때문이었다.

인터넷을 뒤져 여러 곳의 보안업체를 살폈다. 두 사람이 보여준 것만큼 비싸지는 않았지만 가장 저렴한 곳을 이용한다 해도 우리 형편에 무리가 되기는 마찬가지였다. 할 수 없이 인터넷에서 판매 중인 위조품을 샀다. 가짜 보안업체 스티커와 촬영 기능이 없는 모형 CCTV였다. 주문하는 김에 보조 자물쇠도 몇 개 골랐다.

다음날 느지막이 눈을 뜨자 온몸이 찌뿌듯했다. 아내는 작은방에 있었다. 장인에게 약을 먹일 시간이었다. 약을 먹으면 장인은 순해졌다. 잠을 자거나 잠에 빠진 듯 굴었다.

처음부터 이렇게 하지는 않았다. 아내는 다 받아줬다. 일곱 살 아이가 된 장인은 종일 아내를 따라다녔다. 어느 날은 육 인용 식탁 아래를 기어다니며 두더지 놀이를 하자고 했다. 식탁 위로 수시로 머리를 내밀어 아내에게 때리라고 했다. 아내는 장난을 받아주려고 마지못해 툭 치는 시늉을 했다. 장인은 계속 졸랐다. 아내는 점차 세게 때리게 됐다. 아팠는지 장인이 울음을 터뜨렸다. 장인이 울면 아내도 울었다. 장인이 울지 않아도 아내는 울었다. 지금은 장인만 울었다. 죽어가는 사람의 눈으로 계속 눈물을 흘렸다. 자신이 왜 종일 잠에 취해 있는지 잘 아는 듯했다.

언니가 있고 제법 큰 로펌에 다니는 오빠도 있지만 아내가 장인을 돌봤다. 요양병원에 입원중인 장인을 집으로 모셔오면서까지 그렇게 했다. 처형과 형님을 설득하려고 아내는 병원의 위생 문제나 영양불균형을 지적하고 간병인의 흠을 찾아냈다. 형님은 그간 빌려준 돈의 액수를 들먹이며 책임감 운운했다. 아내에게 정신 나간 네 식구나 잘 건사하라는 말까지 했다.

다소 노력이 필요했지만 결국 아내 뜻대로 되었다. 벌어야 갚을 돈도 생길 게 아니냐는 말에 형님이 마음을 돌렸다. 두 사람은 매월 말일에 아내에게 돈을 송금했다. 그게 우리의 유일한 수입이었다. 아내가 식구를 싫어하고 간혹 죽이고 싶다고 여기는 이유는 그 때문이었다. 식구에는 당연히 내가 포함되어 있었다.

처형의 입금이 또 늦어졌다. 아내는 기다리지 않고 안부를 묻는 척 전화를 걸었다. 처형에게 그렇게 살면 안 된다는 잔소리를 들었다. 아내는 참았다. 그러는 언니는 제대로 살고 있느냐고 따져 묻지 않았다. 아내 역시 처형에 대해 아는 게 있는데도 말이다.

내가 보기에 처형은 아내보다 인생을 몰랐다. 아내는 돈과 식구 때문에 생기는 여러 일을 겪으며 인생이 호락호락하지 않다는 걸 알게 되었다. 어른스럽게 아픈 식구를 챙길 줄도 알았다.

그에 비하면 아픈 아버지를 열 살이나 어린 동생에게 맡겨놓고 한 번도 보러 오지 않으면서 똑바로 살라고 잔소리할 정도로 처형의 삶은 순탄했다. 도움을 준다 여겼고 그러면 동생이 고분고분해지리라 여겼을 것이다. 아내는 관계가 그런 식으로 나아지지 않는다는 걸 알았다. 그러고 보면 인생을 아는 건 나이와 아무 상관이 없다.

처음에 아내는 집에서 하루종일 장인과 지냈다. 장난을 받아주고 오물을 씻기고 엄청난 양의 음식을 챙겼다. 언제까지 그럴 수 없어서 장인을 두고 종종 외출했다. 돈도 벌어야 하고 입원한 나도 돌봐야 했다. 어쩔 수 없이 장인에게 수면제를 먹였는데, 괜찮았다. 잘 잤고 자고 일어나면 기분이 좋아 보였다.

아내는 내친김에 동네 마트에서 계산원 아르바이트를 시작했다. 다섯 시간 동안이었으므로 장인이 조용히 잠만 자주면 괜찮았다. 비교적 잘되었는데, 하루는 장인이 평소보다 일찍 깨서 문을 열고 밖으로 나왔다. 찾느라 고생했고 이웃에게 알려지면서 학대라는 소문이 돌았다. 할 수 없이 아내는 형제들에게 장인의 건강 때문에 시골로 내려가겠다고 했다. 누구도 반대하지 않았다.

우리는 자주 어느 쪽이 유리한지 따져보았다. 장인이 돌아가시면 아내는 일정한 몫의 유산을 받게 되지만, 빚을 상환하면 적은 액수가 남을 것이다. 그것이 우리에게 가능한 유일한 목돈이자 밑천이었다. 시간이 걸린다는 게 흠이었다. 장인이 살아 있으면 매달 푼돈이 꾸준히 들어올 터였다. 정당한 몫인데도 굴욕감이 든다는 점이 문제였다.

장인이 자고 있으면 우리는 마당의 파라솔 아래 앉아 시간을 보냈다. 제대로 사는 기분이었다. 삼 킬로미터 가까이 되는 길을 걸어서 사찰의 보리수나무를 보고 올 때도 있었다. 가는 길에 밭이 보이면 주인 없는 틈을 타서 그게 뭐든 조금씩 따왔다. 구곡에도 갔다. 물이 맑다고 했는데 가물어서 그런지 물보다 사람이 많았다. 몰려 있는 사람들을 보니 끈을 삼킨 기분이 들어서 바로 돌아왔다.

장이 서는 날에는 읍내로 구경을 갔다. 찜질방 주인을 만났는데, 그가 장터 사람들에게 우리를 소개하며 '그 집' 사람들이라고 했다. 사람들이 다 안다는 듯 고개를 끄덕였다. 우리집이 그간 많은 얘깃거리가 된 것 같았다. 찜질방 주인이 아버지는 어쩌고 둘이 놀러 다니느냐고 나무라자 아내가 그를 노려보았다. 나는 요양병원에 들렀다 오는 길이라고 간단히 대꾸하고 자리를 피했다.

약을 충분히 먹였는데도 간혹 장인이 일찍 깨어날 때도 있었다. 잠이 깨면 장인은 암막 커튼이 쳐진 불 꺼진 방의 어둠에 놀라 괴성을 지르며 울었다. 여러 번 가르쳤지만 불 켜는 법을 기억해내지 못했다. 하도 문을 두드려 주먹이 까지고 몸을 때려 멍이 들었다. 장인은 갈수록 사나워졌다. 수월하게 달래기 힘들어졌다. 할 수 없이 아내는 장인보다 더 사납게 굴었다. 아파트에서는 옆집을 의식해 참았는데 여기서는 그럴 필요가 없었다.

그러면 나는 집밖으로 달아났다. 옥수수밭으로 갔다. 높이 자란 옥수숫대를 헤치고 들어가 무릎을 감싸고 앉았다. 이랑에 앉아 옥수숫대 사이로 서서히 해가 지는 걸 지켜봤다. 붉은빛을 띠던 하늘이 순식간에 어두워지는 건 무시무시할 정도로 매혹적이었다.

조금 더 기다리면 하늘에 희미하게 달이 떠올랐다. 운좋게 둥근달을 보는 날이면 옥수수밭에 숨어서 이렇게 꽉 찬 보름달을 얼마나 더 보게 될까 싶어졌다. 어쩌면 스무 번. 기껏해야 그 정도라고 생각하면 눈가가 시큰해졌다. 눈물을 참으려고 손을 더듬어 옥수수를 다섯 개 땄다. 수염을 끈처럼 늘어뜨리고 껍질에 감싸인 옥수수를 품에 안고 팔이 옥수숫대에 쓸리는 줄도 모르고 천천히 어두운 밭을 빠져나왔다.

집에 오면 장인은 아이처럼 고요히 잠들어 있었다. 아내는 소금과 설탕을 넣고 옥수수를 삶으면서 남은 약을 세어보고 내가 병원에 갈 날짜를 체크해줬다. 병원에 가는 간격이 점점 짧아졌다. 약을 더 받아야 해서 병원을 한 곳 늘려야 할 것 같았다. 그러려면 다른 행정구역까지 가야만 했다. 이곳에 오니 약을 타는 일이 가장 번거로워졌다.

며칠 후 아내와 읍내 약국에 갔다 돌아오는데 집 앞에 보안 회사 로고가 붙은 소형차가 서 있었다. 남자와 여자는 제집인 듯 마당에 들어가 있었다. 울타리를 넘어간 모양이었다. 남자가 우리에게 손을 들어 반갑게 인사했다. 여자는 딴청을 부렸다.

"요샌 워낙 물건을 잘 만들어요."

남자가 플라스틱 장난감이나 마찬가지인 모형 CCTV를 만지작거렸다. 아내는 당황해서 얼굴이 굳었다. 남자가 이번에는 현관 아래쪽 보조 자물쇠를 가리키며 말했다.

"보통 집안에 금덩이를 숨겨둔 집에서 이렇게 자물쇠를 여러 개 달잖아요. 그렇죠?"

남자가 우리에게 눈을 찡긋했다.

"아니면 사납고 커다란 짐승을 키우거나요. 그런 짐승은 가급적 집안에 있어야죠. 사람을 물면 안 되니까요."

그러고는 우리가 권하지도 않았는데 파라솔 아래로 가서 균형이 맞는 의자를 골라 앉았다. 남자는 이 집을 잘 알고 있었다. 이전 주인이 살 때에도 여러 차례 왔을 것이다.

"지난해 동네에 끔찍한 사건이 있었습니다. 슬픔을 금치 못할 일이었어요. 주위가 죄다 옥수수밭인 어느 외딴집에서 벌어진 일이에요. 근처에 사찰이 있지만 점집만큼 작은 절이라 인적이 드물었죠."

남자가 살펴보라는 듯 주위를 둘러봤다. 우리 말고는 옥수수뿐이었다.

"주변 땅이 다 그 양반 건데, 임차농들이 죄다 옥수수를 심었어요. 주인은 시내에 살면서 주말에만 내려와 묵고 갔고요. 그날도 주말이라 내려왔다가 일찍 잠자리에 들었죠. 새벽에 웬 기척에 눈을 떴더니 건장한 사내 두 명이 방안에 서 있었어요. 그럴 땐 자는 척해야 합니다. 못 본 척해야죠. 하지만 어디 그렇게 되나요. 깜짝 놀라서 마구 소리를 질렀어요. 남자들이 더 놀라서 노인을 끈으로 묶어버렸죠. 손목, 발목, 몸통을 친친 동여맸어요.

그러고는 하려던 일을 계속했어요. 이 방 저 방 다 뒤졌어요. 별거 있나요. 가끔가다 오는데 얼마나 대단한 걸 갖다뒀겠어요. 오며 가며 들고 다니는 지갑뿐이었죠. 거기에 든 게 카드하고 육만 얼마였더라."

"육만칠천원."

여자가 대꾸했다.

"그래요, 육만칠천원. 처음에는 푼돈에 화가 나서 마구 때렸죠. 발로 차고 머리를 벽에 박았죠. 비명을 지르니까 배도 걷어차고 얼굴을 짓이기고…… 그래도 살아 있으니까 온몸을 찌르기를 수십 번…… 삼 주 만에 발견됐어요."

남자가 손을 뻗어 거실을 가리켰다.

"저기에서요. 온몸에 피를 묻히고 죽은 채로요."

커튼이 드리워진 거실 창에 소파와 텔레비전 장식장의 윤곽이 비쳤다. 오랫동안 써오던 물건들인데도 버려진 듯 보였다.

"그 사람들이 왜 그랬겠어요?"

남자가 의자를 당겨 우리 쪽으로 바짝 다가왔다. 아내와 나는 뒤로 조금 물러섰다.

"그냥 해본 거죠. 재미로."

"재미로."

여자가 남자의 말을 천천히 따라 했다.

"사람은 자기 집에서 그렇게 죽기도 해요."

누구든 어디에서나 죽는다. 길거리에서도 죽고 병원에서도 죽고 단독주택에서도 죽고 아파트에서도 죽는다. 자기 집에서 죽는 건 이상한 일이 아니다. 겁을 먹지 않으려고 그런 생각을 했지만 소용없었다.

"우리가 있었다면 어땠을까요. 오 분 안에 출동해서 칼을 든 놈을 때려잡았을 겁니다. 놓쳐도 걱정할 게 없어요. 요새 CCTV는 엄청난 화질을 자랑하니까요. 죽고 나서 후회하면 뭐합니까."

남자가 내 어깨를 꽉 움켜쥐었다. 아니었다. 뻐근했지만 기분 탓이었다. 남자는 느긋이 플라스틱 의자에 등을 기대고 앉아 있었다. 여자는 그저 거실 창을 유심히 바라보고 있었다. 커튼은 꿈쩍하지 않았다. 하지만 잠에서 깨어난 장인이 거실로 나와 커튼을 열어젖힐 수도 있었다.

남자가 자리에서 벌떡 일어나 집 쪽으로 갔다. 아내와 나도 덩달아 일어서서 남자를 따라갔다. 아내는 떨리는지 주먹을 꽉 쥐고 있었다. 남자가 거실 창 새시를 만지작거렸다.

"이런 문은 잠가놓아도 소용없어요. 틈새 절단기를 사용하면 한 번에 뜯기죠."

남자가 거실 창을 열었다가 아내를 보며 천천히 닫았다. 그새 절단기라도 쓴 것일까. 그럴 리 없었다. 아까 외출하면서 잠그지 않은 것뿐이었다.

나는 겁먹은 걸 감추려고 낮은 목소리로 다시 연락하겠다고 말했다. 남자가 커다란 손으로 내 팔목을 움켜잡았다.

"안에 뭐가 있나요?"

"개요. 워낙 사나워서 사람을 물어요."

아내가 재빨리 대답했다. 남자가 히죽거리더니 내 팔을 놓고 이번에는 현관문을 세게 걷어찼다.

"저는 개를 좋아합니다. 개라면 마땅히 사납게 짖어대야죠. 그래야 쓸모가 있어요."

어디선가 소리가 났다. 개가 짖는 소리는 아니었다. 겁에 질려 우는 소리, 깊고 고된 흐느낌. 아내였다. 나는 비명을 질렀다. 힘껏 내질러도 시원해지지 않았다. 남자가 나를 보고 웃었다.

"그렇게 비명을 지르면 다음에는 우리가 달려올 겁니다. 금방 올 테니까 걱정 말아요. 집안에 숨겨두는 개보다야 우리가 낫지 않겠어요?"

남자가 달래듯 나를 테이블로 이끌었다.

"여기에 사인하면 됩니다."

여자가 펜과 종이를 내밀었다. 처음 당한 일인데도 이런 사람들을 줄곧 겪어온 기분이었다. 아내가 울음을 멈추고 어쩔 수 없다는 듯 종이에 사인을 했다. 나는 터무니없는 조건이 담긴 계약서에 아내의 이름과 주소, 주민등록번호가 적히는 걸 쳐다보았다.

"사나운 개는 결국 뭐든 물어요. 강도를 물면 다행이지만 아마

식구부터 물 겁니다. 그때 소리를 지르세요. 우리가 올 테니까요. 이런 곳에 강도가 뭐하러 오겠습니까? 재미로 오면 몰라도."

남자가 봉투에 서명된 종이를 넣으며 말했다. 당연히 아내와 나는 그게 무슨 말인지 알아들었다. 두 사람이 탄 차가 옥수수밭 너머로 사라지고 나서야 아내는 주먹 쥔 손을 풀었다.

집안으로 들어갔지만 장인은 기척이 없었다. 깨지 않아 다행이다 싶으면서도 오늘따라 지나치게 오래 잔다는 생각도 들었다. 아내는 방을 들여다볼 생각도 하지 않고 어둑해진 거실 소파에 주저앉았다. 나는 거기서 누군가 죽었다고, 육만칠천원 때문에 칼에 찔렸다고 중얼거렸다. 남자가 한 많은 말 중에 그것만큼은 진실인 것 같았다.

"뭐라고 했어?"

아내가 물었다. 나는 얘기하고 싶었다. 칼에 찔리고 오랫동안 발견되지 않은 노인이 아니라, 장인이 어째서 내내 잠잠한지, 요즘 장인이 약을 한 번에 몇 알이나 먹는지에 대해서.

"오늘은 옥수수 없어?"

아내가 대답을 기다리지 않고 물었다.

"가서 따올게."

그렇게 말하고 나니 어쩌면 내가 이제껏 훔쳐온 옥수수가 집에서 죽어간 노인의 밭에서 난 것인지도 모른다는 생각이 들었다.

"아니, 이제 옥수수는 질렸어."

아내는 지친 듯 소파에 누웠다. 나는 창밖으로 시선을 돌렸다. 커튼 너머로 시커먼 옥수수밭이 어른거렸다. 달은 보이지 않았다.

* 28쪽에 나오는 보름달 장면은 폴 볼스Paul Bowles의 소설 『더 셸터링 스카이*The Sheltering Sky*』 속 문장을 변형한 것이다.

호텔 창문

강변에서는 노래 대회가 펼쳐지고 있었다. 지방방송국 주최로, 휴양객과 주민을 대상으로 한 행사였다. 해마다 성황을 이뤘고 그해도 마찬가지였으나 문제가 있었다. 전날 폭우가 내리면서 곳곳에 웅덩이가 생겼다. 음향 시설 일부가 물에 닿으면서 감전을 일으켜 작동을 멈추거나 고장이 났다. 마이크가 꺼지고 반주가 들리지 않는 일이 잦았다. 운오는 형들과 함께 객석에 앉아 있었다. 시시한 행사라는 걸 금세 알 수 있었다. 지루해진 형들은 이내 자리를 떴다. 운오에게는 함께 가자고 하지 않았다. 형들은 운오를 군식구 취급했다. 충분히 근거 있는 생각이었다. 자신을 따돌리고 형들이 뭘 하는지, 운오는 잘 알았다. 형들은 매일 남의 텐트를 기웃거렸고 밤이 늦어서야 차갑게 식은 몸으로 돌아와서는 운오가 자는지 확인하려고 툭툭 건드렸다. 운오는 자는 척하는 걸 들키지 않으려고 일정한 간격으로 새근거리며 형들이 떠드는 소리를 들었다.

익숙한 노래가 끝나고 형들이 보이지 않을 즈음 운오는 자리에서 일어섰다. 언제나 그랬듯 멀찍이 뒤따를 작정이었다. 운오를 믿고 보내주마. 큰어머니가 웃으며 형에게 말했지만 운오에게 권리를 주었다는 뜻은 아니었다. 그럼에도 운오는 필사적으로 형들 곁을 맴돌았다. 두려워서였다. 형은 친구들에게 운오를 가리키며 말하곤 했다. 이 새끼 버리고 갈까?

형들은 강 가까운 곳에 자리잡았다. 어디서 구한 건지 돗자리를 깔고 누워 장난을 치고 있었다. 형들이 이곳에서 하는 일이 대부분 그랬다. 무리 중 누군가를 놀리며 낄낄거리거나 한가하게 술을 마시고 누워서 담배를 피웠다. 텐트를 돌며 희롱하고 물건을 빼앗기도 했다.

운오는 금세 형들 눈에 띄었다. 어이, 애새끼, 또 몰래 따라왔냐. 형들 중 하나가 말했다. 형은 친구들의 그런 말에도 주의를 주지 않고 쳐다만 봤다. 운오는 눈치껏 굴었다. 형들로부터 멀어져 혼자 물가로 갔다. 강은 여느 때와 달리 한산했다. 다들 무대를 보러 몰려간 탓이었다.

처음에는 발만 담갔지만 이내 두 팔과 다리를 얕은 강물 속에서 자연스럽게 오므렸다 폈다. 숨을 들이마시며 천천히 물속으로 들어갔고 형들이 하던 것처럼 조금씩 물을 밀고 나아갔다. 어느 순간 노랫소리가 툭 끊겼다. 아무도 없는, 이라는 가사가 나와야 하는데 반주가 들리지 않았다. 이런 무대에서라면 누군가는 꼭 부르는 노래였다. 마이크를 든 사람이 아랑곳하지 않고 노래를 이어가자 객석에 앉은 사람들이 함께 노래를 불러줬다. 아무도 없는, 하고 사람들이 다시 목소리를 높일 때 운오의 발이 바닥 위로 떠올랐다. 바닥에 발이 닿지 않는다는 걸 깨닫고 운오는 힘껏 팔을 내저었다. 물이 무겁게 몸을 내리눌렀다. 노랫소리가 뭉개졌고 어느 순간 아예 끊겼다. 사방이 고요해졌다. 헛되이 사지를 내젓다가 간신히 바위를 밟았다. 물에서 벗어났지만 온몸이 덜덜 떨렸다. 두려운 기분과 안도감이 교차했다. 한참 후에야 노랫소리가 다시 들려오기 시작했다.

그후 많은 것이 달라졌다. 무엇보다 추위에 약해졌다. 조금만 추워지면 심장박동이 빨라졌다. 일반적으로도 추위는 더위보다 위험했다. 사망 확률이 훨씬 높았다. 기차에서 내리며 운오는 재킷을 꺼내 입었다. 여름에도 조금만 긴장하면 불쑥 한기가 느껴졌다.

역에서 나와서는 곧장 건너편 식당으로 가 돼지 뼈를 잔뜩 넣고 끓인 해장국을 시켰다. 땀을 흘리며 뜨거운 국물을 천천히 마시고 뼈에 붙은 살을 야무지게 발라먹고 나면 긴장이 누그러졌다. 무엇보다 다 먹기까지 시간이 많이 걸린다는 점에서 운오가 이곳에 도착해 매번 시키는 음식이었다.

국물을 떠 넣는데 옆 테이블에서 술을 마시던 남자가 뚫어져라 쳐다보는 게 느껴졌다. 운오는 그릇째 들고 뜨거운 국물을 마셨다. 익숙한 얼굴이었지만 이곳 사람들은 대부분 새까맣게 그을린 얼굴에 비슷한 스포츠웨어 차림이라 구별하기 힘들었다.

하지만 실망스럽게도 곧 기억났다. 강에 함께 갔던 형들 중 하나였다. 이름이나 말투를 떠올리려면 시간이 걸렸다. 그는 눈에 잘 띄지 않는 타입이었다. 좋게 말하면 그랬다. 팬티나 별반 다를 바 없던 그의 수영복은 선명히 생각났다. 형들이 옷차림을 가지고 놀려도 그는 개의치 않고 실실 웃었다. 놀림을 당하고 조롱거리가 되는 일에 익숙한 것 같았다. 형들의 우정에는 확실히 위계가 있었다.

그는 대체로 조용했으나 작은 문제를 일으켰다. 방송국에서 설치해둔 무대 뒤에 몰래 들어갔다가 물에 젖은 마이크를 만져 감전사고를 냈다. 운오는 난생처음 기절한 사람을 보았다. 형들이 그의 따귀를 때리고 몸을 주물러댔다. 구경꾼이 주위를 에워쌌다. 구조대를 불러야 한다는 사람이 있었는데, 얼마 안 돼 그가 느릿느릿 눈을 떴다. 형들은 이내 깔깔거리며 장난을 치고 다시 그를 놀려댔지만 운오는 단박에 그가 무서워졌다. 그는 이미 죽은 사람 같았다. 얼굴이 핼쑥하고 표정이 멍했다. 세상을 떠나려면 그래야 한다는 듯이 눈을 감고 축 늘어져 누워 있었다.

남자가 숟가락을 내려놓고 이쑤시개를 물며 자리에서 일어섰다. 그러고는 운오 맞은편 의자를 질질 소리 나게 빼더니 양해도 구하지 않고 앉았다.

"많이 컸네?"

술냄새가 많이 났다. 핼쑥한 얼굴이 검붉게 달아올라 있었다.

"해장국도 먹을 줄 알고 그새 어른이 다 됐네, 꼬맹이."

운오는 손에 쥐었던 돼지 뼈를 내려놓았다. 어차피 시간이나 때울 셈으로 고른 음식이었다. 손을 냅킨에 닦은 후 그를 똑바로 쳐다봤다. 이제 사십대 초반일 텐데 훨씬 나이들어 보였다. 그때와 비슷해 보이기도 했다. 세상을 뜬 것 같은 얼굴을 하고 있다는 점에서.

형들은 언제나 운오를 풋내기 취급했다. 그렇기는 해도 운오를 꼬맹이라고 부른 적은 없었다. 애새끼 혹은 개새끼라고 불렀다. 그는 물고 있던 이쑤시개를 손으로 닦더니 다시 이에 가져다댔다. 운오는 못 본 척 자리에서 일어섰다.

"그러고 보니 오늘인가보네. 그럼 꼬맹이 생일도 오늘인가?"

그가 물었다. 술냄새를 풍긴다고 해서 모두 엉망인 것은 아니었다. 그도 기억하고 있는 게 있었다.

"가게에서 초코파이를 샀었잖아. 담배를 초로 꽂고."

그가 자신을 놀리던 형들처럼 낄낄거리며 웃었다. 맞기도 하고 틀리기도 했다. 담배는 있었다. 초를 대신하기 위한 건 아니었다. 형들은 언제나 담배를 피웠다. 초코파이는 없었다. 대신 쥐포

나 새우깡 같은 안줏거리가 있었다. 형이 종이컵에 술을 따라 줬다. 생일이라 특별히 주는 거야. 운오는 단번에 마셨다. 형들이 박수를 쳐주었다. 형은 집안 내력이라며 웃었다.

생일은 아니었다. 형이 운오를 데려와 민망한지 친구들에게 그렇게 둘러댔다. 부모의 허락을 받기 위해서나 용돈이 필요할 때 형은 자주 운오를 써먹었다. 형은 그간 미덥지 못한 일을 많이 저질렀다. 학교에서 몇 가지 문제를 일으켰다. 아침에 가방을 들고 나섰지만 학교에 가지 않을 때가 있었다. 밤늦게 돌아왔는데 자습을 하거나 보충수업을 하고 온 것은 아니었다. 형은 골목에 몸을 숨기고 있다가 아이들이 지나가면 건들거리며 나타나곤 했다. 그러다보면 누군가를 위협하고 때려야 할 일도 생겼다. 싫은 소리를 하는 선생에게 대들다 발길질도 했다. 퇴학 결정을 번복하려고 큰아버지는 담임 앞에서 무릎을 꿇었다.

식당을 나서는데 큰어머니에게 전화가 걸려왔다. 운오는 발신인을 확인하고 휴대전화를 그대로 주머니에 넣었다.

"아직도 오는 사람이 있어?"

그가 뒤따라 나오며 운오에게 물었다.

한때 큰어머니는 강에 함께 갔던 형의 친구들을 모두 불러모았다. 몇 해인가 그녀의 뜻대로 되었다. 형들은 몸에 맞지 않는 검은 재킷을 입고 일렬로 서서 사진 속 형을 쳐다보았다. 고등학교 입학식 날 전문 사진사가 찍은 사진이었다. 교복 차림의 형은 큰어머니와 큰아버지 사이에서 짓눌린 채 웃으려 애쓰고 있었다. 큰어머니는 평소 그 사진을 벽에 걸어놓았고, 제삿날에는 상 위에 올려두었다. 그 사진을 향해 절을 할 때마다 운오는 죽은 사람이 큰어머니나 큰아버지가 아님을 상기해야만 했다.

얼마 지나지 않아 형들은 오지 않게 되었다. 그들은 한창 바쁜 시기를 지나고 있었다. 다른 도시의 대학에 다녔고 군대에 가기도 했다. 외국어를 배우러 먼 나라로도 갔다. 죽은 친구가 있지만 살아 있는 친구가 훨씬 많았다. 그는 어디에도 가지 않고 계속 이곳에 남아서 비교적 오래 제사에 왔지만 어느 해부터인가 발길을 끊었다.

운오는 그러지 못했다. 처음에는 아버지와 함께 큰집에 왔고, 성장한 후에는 혼자서 왔다. 한 번도 빠지지 않았는데 대학을 졸업한 해에 건축 회사의 인턴사원으로 채용되어 몹시 바빠졌다. 죄송하다는 운오의 말에 큰어머니는 자상한 목소리로 괜찮다고 했지만 다음날 아침 회사 앞으로 찾아왔다. 근처 식당에서 이른 점심을 먹으면서 큰어머니는 별것 아닌 운오의 말에 크게 울음을 터뜨렸고 점심시간이 지나도 자리에서 일어나지 않았다.

"한잔하고 갈래?"

그가 물었다. 운오는 가봐야 한다고 대답했다. 그저 인사로 한 말이라는 듯 그가 아쉬운 표정 없이 손을 내저었다. 운오는 일단 그와 멀어질 작정으로 역 쪽으로 걸었다.

역에서 택시를 타려는데 심상치 않게 솟구치는 흰 연기가 보였다. 운오는 연기 나는 쪽으로 웅성거리며 몰려가는 사람들을 따라 가보기로 했다. 조금 늦기는 해도 큰집에 가면 얘깃거리가 될 테니까.

역 뒤편에는 한때 번성했으나 지금은 명맥만 유지하는 유흥업소가 모여 있었다. 연기는 그 골목의 허름한 호텔에서 퍼져나왔다. 운오가 가까이 갈 즈음에는 흙먼지처럼 누런 연기가 거대한 뭉치로 솟아올랐다. 소방대와 구조대가 오고 있는지 긴급상황을 알리는 소리가 계속 들려왔다. 이면도로이고 주차된 차가 많아 수월하게 진입하기 어려울 듯했다. 수도관 공사를 하느라 헤집어놓은 도로 중앙에는 널찍한 가림막도 쳐져 있었다. 누군가 주차된 차를 빼라고 소리쳤으나 차 주인들은 좀처럼 나타나지 않았다. 차 주인보다 견인차가 먼저 도착했는데 그 차들도 진입하지 못해 애를 먹었다. 그러는 동안 연기와 불길이 호텔 전체를 휘감았다. 누런 연기 아래로 오렌지색 불길이 피어오르더니 건물 목조부가 갈라지는 소리가 났다. 다행히 호텔은 리모델링 예정으로 지금은 영업을 하지 않아 직원과 투숙객이 없다고 했다.

불길이 계속되면서 이웃한 호텔 투숙객들이 빠져나오기 시작했다. 구경꾼들은 얼굴을 가린 숙박객이 단정치 못한 차림으로 나올 때마다 소리 죽여 웃었다.

간신히 길을 만들어 사다리차가 먼저 도착했다. 사다리차에 비해 차폭이 넓은 살수차는 골목길을 빠져나오지 못해 진화가 더뎌졌다. 사다리를 설치하는 동안 호텔에서 파편 떨어지는 소리가 들리고 불길이 더욱 크고 붉게 피어올랐다. 불똥이 떨어질 때마다 구경하던 사람들이 일제히 탄성을 내지르며 뒤로 물러섰다.

얼마간 시간이 걸린 후 살수가 시작됐다. 살수 초반에는 변화가 없더니 불길이 서서히 잦아들고 검은 연기가 피어올랐다. 주인은 호텔이 이 지경이 되도록 모습을 드러내지 않았는데, 그게 불이 날 줄 미리 알고 있어서라고 구경꾼들이 떠드는 소리가 들렸다. 이왕 리모델링을 할 바에야 화재보험료를 타는 게 낫다고 빈정거리는 사람도 있었다.

연기가 잠깐 비껴간 사이, 운오는 오층 끝 방에 누군가 어른거리는 모습을 보았다. 그 사람은 자신이 갇혔음을 알리려는 듯 창가 가까이 서 있었다. 손을 흔들거나 몸을 움직이지 않아 일찍 눈에 띄지 않은 모양이었다. 운오가 다급하게 옆 사람에게 말했다.

"저기 좀 보세요. 오층에 누군가 있는 것 같아요."

"어디요?"

옆 사람이 운오의 손끝을 따라 시선을 돌렸다. 연기가 퍼지면서 창이 가려졌다.

"오층이라고요?"

옆 사람이 운오에게 되묻고는 자신의 일행에게 오층에 사람이 있다는데 봤느냐고 물었고, 그걸 들은 사람이 깜짝 놀라서 안에 사람이 있답니다, 하고 크게 소리쳤다. 구경꾼들이 술렁대자 옆 사람이 오층이라고 반복해서 외쳤다. 운오가 정확하지 않다고 정정할 새도 없이 소리는 퍼져나갔고 앞쪽에 있던 소방대원에게도 얘기가 전해진 모양으로, 얼마 후에는 구경꾼 무리의 뒤쪽에 있던 운오에게까지 대원이 호텔로 들어갔다고 웅성대는 소리가 들려왔다.

바람이 불어서인지 연기는 수직으로 솟구치는 게 아니라 옆으로 넓게 퍼졌다. 그 탓에 건물은 연기에 휩싸여 세상으로부터 아예 지워졌다. 불길 속으로 들어간 대원도, 창가를 서성이던 사람도 보이지 않았다. 운오는 연기가 삼켜버린 건물을 올려다보았지만 사실은 아무것도 보고 있지 않았다. 자신이 사람을 살린 건지 사지로 밀어넣은 건지 알 수 없어 겁이 났다.

운오는 길을 꽉 채운 구경꾼들 틈을 슬쩍 빠져나왔다. 옆 사람이 자신을 붙잡지 않을까 생각했으나 그는 구경하느라 정신이 팔려 운오가 자리를 뜨는 줄도 몰랐다. 여러 차례 큰어머니에게서 전화가 걸려왔고, 큰아버지에게서도 점잖게 속내를 숨긴 몇 통의 메시지가 도착해 있었다. 큰어머니는 이번에도 그냥 넘어가지 않을 것이다. 오로지 운오에게 망신을 주려고 회사로 찾아와 울음을 터뜨리고 그것으로 부족하다 싶으면 다음날도 찾아올 것이다. 그럼에도 운오는 휴대전화를 꺼버렸다. 자신을 기다리며 제사를 미루고 계속 전화를 걸어댈 큰집 어른들을 떠올리면 적개심이 들 지경이었다. 그들 역시 운오를 경멸하며 기다릴 것이다. 살아남은 인간으로 지켜야 할 도리를 다하지 않은 것에 분노하면서.

아버지는 출장 때마다 어린 운오를 큰댁에 맡겼다. 그들은 운오를 맡아주는 유일한 친척이었다. 얼마 지나지 않아 출장이 아닐 때에도 맡겼다. 아버지에게는 홀로 어디론가 가야 할 일이 자주 생겼다. 주머니에 구겨진 기차표나 고속버스 티켓이 들어 있을 때가 많았다. 큰어머니와 큰아버지는 아버지가 그렇게 하는 이유를 자주 소곤거렸다. 엄마 얘기였고 작은 목소리여서 더 의미 있게 들렸다. 큰아버지는 엄마를 가리켜 매번 그 여자라고 했고 큰어머니는 미친년이라고 했다. 운오에게 말할 때면 자신들이 운오 엄마를 미워한다는 걸 내색하지 않으려고 예쁜 사람이라거나 정이 많은 사람이라고 했다. 그러고 보면 그들은 없는 사람을 얘기할 때면 언제나 좋은 말만 했다.

운오는 역 근처 술집 중 한 곳의 문을 열었다. 텔레비전 뉴스를 보며 술을 마시고 있는 그가 눈에 띄었다. 이번에는 운오가 양해도 구하지 않고 맞은편에 앉았다. 그는 잠시 놀란 표정을 지었다가 주인에게 잔을 더 달라고 했다. 이미 상당한 양을 마신 듯 얼굴이 불콰했고 자세를 바로잡으려고 노력하지 않으면 쉽게 흐트러졌다.

"일찍 끝났네."

운오는 대꾸하지 않고 주인에게 소주 한 병과 김치전을 시켰다. 그가 앉아 있는 술집에 들어온 것은 우연이 아니었다. 운오는 이미 일곱 군데 술집의 문을 열어보았다. 그가 이 가게에 없었다면 다음 가게의 문도 열어보았을 것이다.

"설마 안 갔어?"

그가 자세를 바로 하려 애쓰며 말했다.

"할 만큼 했지. 벌써……" 잠시 뜸을 들였지만 기억나지 않는지 운오에게 물었다. "몇 년이야?"

어느 정도가 할 만큼일까. 운오가 형 대신 물에서 빠져나온 대가로 말이다. 허우적거리던 운오는 바위를 밟았다고 여겼지만 실은 아무것도 밟지 않았다. 누군가 정신을 잃은 운오를 힘껏 밀어올렸다. 바위가 그렇게 했을 리 없었다. 형이었다.

처음에 운오는 자신이 딛고 올라선 바위와 형을 연결 짓지 못했다. 자신과 형의 죽음은 완전히 별개였다. 그렇지 않다고 알려준 사람이 큰어머니였다. 큰어머니는 병원에서 퇴원한 운오를 품에 안고 울었다. 운오는 직감적으로 자신이 살아나서 우는 게 아님을 깨달았다. 큰어머니는 운오를 산으로 데리고 가 봉분 앞에 세우고 절을 하라고 시켰다. 운오는 그렇게 했다. 큰어머니가 땀이 흥건한 손바닥으로 운오 등을 밀어서였다. 비석에 쓰인 한자를 형의 이름으로 짐작했지만 형이 어떻게 여기 있는지 물어보지는 않았다. 큰아버지와 큰어머니는 내내 우는 소리를 내며 운오 뒤에 서 있었다. 산을 내려올 때 큰어머니는 운오 손을 잡지 않았다. 그들이 실망한 듯 운오가 아직 어려서 그렇다고 말하는 게 들렸다. 자란 후에도 운오의 태도가 달라지지 않은 것에 큰어머니는 매번 충격받은 표정을 지었다.

운오는 간혹 형을 두려워하고 미워했지만 결코 형이 죽기를 바란 적은 없었다. 자기를 죽일 줄 알았던 형이 자신을 살린 것을 알고 운오는 구역질을 했다. 형은 늘 운오에게 말했다. 죽을래? 눈을 치뜨며 입술을 비죽거리고 아니꼬운 표정으로 주먹질을 해댔다. 운오는 거실에서 텔레비전을 보고 있어서, 밥을 한 그릇 다 먹어서 맞았다. 얹혀사는 주제에 이 정도도 각오 안 했어? 형이 말했다. 까불면 물에 빠뜨려버린다. 강가에서는 자주 떠미는 시늉을 했다.

그렇기는 해도 형이 죽었다고 생각하면 무섭고 겁이 났다. 죽기 전에도 형은 그런 존재였는데 죽고 나니 더 두려운 사람이 됐다. 고마운 적은 없었다. 자신을 구해줬어도 마찬가지였다. 형이 자신을 살린 걸 생각하면 언제나 의아한 기분이 들었다.

운오 대신 감사 인사를 한 사람은 아버지였다. 아버지는 경찰을 통해 형을 기어이 의사자로 지정했고, 불가능한 일을 처리하는 과정에서 여러 곳에 뇌물을 썼다. 상심해 쓰러진 큰어머니의 병원비와 공장에 휴직원을 낸 큰아버지를 대신해 큰집 생활비도 댔다. 그러느라 목돈이 필요했지만 그럴 만한 돈이 없었으므로 나중에 형사 고발로 밝혀진 대로 회삿돈을 가져다 썼다.

의사자 지정식에는 운오도 갔다. 내내 울고 있던 큰어머니가 가족을 대표해 단상에 섰다. 큰어머니는 형이 때로 말썽을 부리기도 했지만 얼마나 용감하고 정의로웠는지, 부모에게 다정다감하고 든든한 아들이었는지 이야기했다. 죽은 사람 주변에서 그런 일이 흔히 벌어진다는 걸 운오는 오래지 않아 깨달았지만, 그때는 놀란 표정을 짓지 않으려고 애써야 했다. 어른들의 대화에서 형이 등장할 때마다 운오는 소름이 끼쳤다. 형은 그저 철없는 말썽쟁이가 아니었다. 자신에게 한 일을 두고 그리 생각하는 건 아니었다. 어른들도 알았다. 형이 약한 아이들을 위협해 돈을 빼앗고 툭하면 주먹질을 했다는 것을. 훈계하는 선생에게 대들며 발길질을 했다가 퇴학 위기에 몰렸다는 것을.

지정식 마지막 순서로 운오는 경찰과 상패를 든 큰댁 어른들 곁에 나란히 서서 사진을 찍었다. 이 아이군요. 제복 입은 경찰들이 번갈아 무겁게 운오의 머리를 쓰다듬었다. 강가에는 경찰도 있었다. 그들은 흥분한 인파를 통제하며 잘 보이는 자리에서 무대를 구경하느라 운오가 허우적대는 걸 못 봤다. 형이 운오를 밀어올릴 때 돕지 않았다.

자라면서 운오는 누구 덕에 살아났는지 자주 상기했다. 큰어머니는 기회가 있을 때마다 놓치지 않고 말했다. 너는 참 복이 많구나. 운오가 형의 나이를 넘겼을 때, 인턴으로 입사했을 때, 얼마 전 정규직이 되었을 때도 그렇게 말했다. 큰어머니는 자주 형의 이름으로 운오를 불렀다. 운오가 끝내 쳐다보지 않으면 노인의 실수인 척 과장하며 자책했지만 다음에도 형의 이름으로 운오를 불렀다. 살아 있다는 것만으로 들뜨지 않는 것처럼 자신이 오래전에 죽었을지 모른다고 생각해도 별 감흥이 없었다. 살아 있는 사람만 누리는 이런 무덤덤함을 큰어머니는 결코 알 수 없을 것이다.

"얼마나 장사가 잘되면 불구경도 안 해?"

얼굴이 상기된 노인 둘이 요란하게 떠들며 가게로 들어섰다.

"불난 거 한두 번 보나."

주인이 대꾸했다. 옆 테이블 사내가 처음 듣는 소리라는 듯 노인들에게 불이 났느냐고 물었다.

"한참 탔어. 지금쯤 잿더미가 다 됐을걸."

두 노인이 텔레비전 가까운 쪽에 자리를 잡았다. 운오는 죽은 사람은 없는지 묻고 싶었지만 잠자코 있었다.

"내가 다니는 공장에도 불이 난 적 있어."

그가 불쑥 말을 꺼냈다.

"아, 거기? 그 공장 다녔어요?"

주인이 끼어들어 물었다.

"작년이었나, 올해였나. 얼마 안 된 것 같은데."

노인 중 하나도 거들었다.

"작년 1월이요. 우리 공장에서 수도관 보온재를 만들거든요. 보온재는 전부 가연성 소재잖아요. 조심한다고 했는데도 야적장에서 제법 크게 불이 났죠."

그가 양손을 벌려가며 말했다.

“여기서도 다 보였어. 밤하늘이 번쩍거렸다니까. 공장 뒤에 바로 산이 있잖아. 산 쪽으로 옮겨붙는 줄 알고 시장 사람들도 다 나와서 쳐다봤지.”

주인이 대꾸했다.

“어쩌다 불이 났어요?”

옆 테이블 사내가 물었다.

“자연발화래요.”

그가 대답했다.

“자연발화? 저절로 불이 붙었단 소리예요?”

“그렇대요.”

“그래서 산불이 났나?”

노인 중 하나가 물었다.

“야적장만 탔어요. 제가 불난 걸 제일 먼저 보고 신고했어요. 하도 피곤해서 담배나 피우려고 나왔는데, 바람이 너무 세게 불어서 아무리 해도 불이 안 붙는 거예요. 그런데 어디서 희미하게 탄내가 나데요. 일단 신고부터 했죠. 조금만 늦었으면 불이 공장을 다 태웠을 거예요.”

“큰일했네요!”

옆 테이블 사내가 술이 든 잔을 건넸다.

“큰일은 아니고요. 돈이 조금 생기긴 했어요.”

그가 잔을 받아 냉큼 마시고 사내에게 다시 잔을 넘겨줬다.

"당연히 포상금을 줘야지. 공장을 살렸는데."

사내가 말했다. 노인들이 갑자기 목소리를 낮춰 호텔이 방화일지도 모른다고 소곤거렸다. 보험금이라는 말과 남는 장사라는 말이 들렸다. 그가 잠자코 술을 마시다가 작게 중얼거렸다.

"퇴직금을 받았어. 잘렸거든."

가게 안 사람들은 몇 해 전 시장에서 있었던 화재와 그 화재로 재산을 잃은 사람, 보험료로 다른 곳에 가게를 낸 사람들 얘기를 하느라 그의 말을 듣지 않았다.

"왜요?"

할 수 없이 운오가 물었다. 그가 텔레비전을 보며 퉁명스럽게 대꾸했다.

"공장에서 담배 피우지 말라고 사장한테 계속 경고를 받았거든. 불똥 하나만 튀어도 다 타니까 당연한 얘기지만, 그게 맘대로 되나?"

운오가 고개를 끄덕였다.

"사장 말대로 내가 담배를 끊었으면 공장이 다 타버렸겠지. 담배 피우러 안 나갔으면 신고도 못했을 테니까. 그런데도 사장은 내가 불을 낸 것처럼 굴었어. 담뱃불을 그리로 던졌다고 몰아세웠지. 화재 원인이 밝혀질 때까지 날 아주 들들 볶았어. 자연발화로 판정이 났어도 안 믿어줬어."

"억울하네요."

"그렇지도 않아."

"네?"

"잘 모르겠어. 내가 담뱃불을 껐는지, 꽁초를 그리로 던졌는지 아닌지……"

"불이 붙지도 않았다면서요?"

"그거야 그렇지. 두 대째 담배를 피우기 전이었으니까. 경찰하고 사장한테 이미 한 대 피운 얘기는 안 했지만."

"거짓말을 했네요."

"거짓말은 아니지. 몇 대째였냐고 묻지는 않았잖아."

"불도 안 끄고 꽁초를 던져버린 거예요?"

"그랬으면 아직까지 감옥에 있겠지. 자연발화래도 그래."

이미 화재에서 관심이 멀어진 사람들은 텔레비전 뉴스를 보며 술을 마셨다. 화재 소식이 나올까 싶어 운오도 화면에 시선을 두었다.

"불이 번지니까 말이야, 내가 담뱃불을 끄기는 했는지, 꽁초를 어디에 버렸는지, 정말 야적장 쪽으로 던졌는지, 하나도 기억이 안 나는 거야. 아무튼 거짓말은 했지만 거짓은 아니게 됐어. 자연발화라잖아."

"지금은 끊었어요?"

그가 장난스런 표정으로 주머니에서 담배를 꺼내 보여줬다.

"일단 시작한 일을 끝내는 게 얼마나 어려운지 알아? 그나저나 여태 뭘 하고 있었어?"

"불구경이요."

"불구경하느라 제사를 놓쳤단 말이야?"

그가 호탕하게 웃었다. 술에 취해서일까. 여전히 운오를 애 취급하려고 허세를 부리는 걸까. 성격이 달라졌을 수도 있었다. 친구에게 주눅들던 때로부터 많은 시간이 지났으니까.

"하긴 불을 끄는 데 엄청 오래 걸리더라고. 처음에는 잠바를 벗어서 꺼보려고 했거든. 마구 휘둘렀는데 그럴수록 더 번지는 거야. 잠바는 타버리고 불길은 번지고 얼굴은 홧홧하고 미치겠더라고."

변하지 않은 듯했다. 조용히 문제를 일으킨다는 점에서 그때와 같았다. 운오는 어쩌자고 그를 만나 시간을 때우려 들었는지 후회했다. 소방대원을 사지로 몰았을지도 모른다는 생각에 두려웠다. 사상자가 없다는 말을 듣기 전에는 근처를 떠나기 어려웠다. 노인들의 얘기를 들어보면 다행히 누군가 죽지는 않은 모양이었다. 처음에는 그걸 알고 싶은 생각이 간절했는데, 지금은 그런 자신에게 환멸이 느껴졌다.

큰어머니는 늦은 시각임에도 운오가 퇴근하지 않고 남아 있는지 확인하려고 사무실로 여러 번 전화를 걸었을 것이다. 큰어머니를 떠올릴 때마다 운오는 감정을 억누르려고 애써야 했다. 오래된 기억이 도움이 됐다. 큰어머니는 찌개를 끓일 때면 편식하는 운오에게 먹이려고 말린 표고버섯 가루를 넣었다. 아침이면 갈아입을 팬티를 주었고 일주일에 두 번 베갯잇을 바꿔주었다. 일요일 밤에는 코미디언이 나오는 텔레비전 프로그램을 틀어놓고 손톱과 발톱을 깎아주었다. 큰어머니가 몸을 둥그렇게 말고 자신의 발가락을 쥘 때면 운오는 웃음이 비어져나왔다. 그런 순간을 떠올리면 참을 수 있었다.

기차 시간은 이미 지나 있었다. 서울까지는 아니더라도 가까운 곳으로 가는 막차를 알아봐야 했다. 기차를 예매하려고 휴대전화 전원을 켜자 차분한 톤의 메시지가 연이어 도착했다. 가장 마지막에 도착한 메시지는 칠 분 전 것이었다. 네가 누구 덕에 살아났는지 알아야 한다. 그런 말을 들을 때면 운오는 언제나 확률을 생각하며 참았다. 형은 어차피 자신보다 일찍 죽었을 것이다. 자신보다 열두 살이나 위였고, 보통은 그렇게 되기 마련이니까.

운오는 가보겠다며 그에게 인사했다. 그는 서둘러 운오 몫까지 술값을 내고 불난 데가 어디냐고 물으며 술집에서 따라 나왔다. 네온사인으로 번쩍이는 건물들 사이에서 시커멓게 그을린 호텔은 금세 눈에 띄었다. 불길은 잡았지만 주변이 여전히 어수선했다. 사람들이 웅성거리며 탄내를 풍기는 불탄 건물 주위를 오갔다. 소방수가 잔뜩 뿌려진 도로 위에 불빛이 번들거렸다.

"여기가 어쩌다 이렇게 됐어?"

그가 까맣게 타버린 호텔을 안타깝게 쳐다보았다. 술은 깬 것 같았다.

"여기가 동네에서 처음 생긴 호텔이었어. 우린 한푼도 없어서 여자친구가 있어도 이런 덴 꿈도 못 꿨지. 겨우 올 만해지니까 여기가 너무 낡아버렸고. 사실 이런 데가 아니어도 실컷 놀았어. 텐트만 챙기면 여기저기 다닐 수 있었거든. 쌀이야 쌀통에서 몰래 퍼오면 되니까. 그날 운규가 널 데리고 오면서 만원인가 이만원인가 받아왔는데, 그게 우리가 가진 전부였어. 그러고 보면 네가 돈줄이었어. 네 핑계를 대면 얼마라도 챙겼거든. 그걸로 술을 샀지. 쌀밥만 먹지 않으려고 주변 텐트를 돌면서 참치나 김치도 얻었어. 운규는 넉살이 좋아서 뭔가 줄 때까지 절대 안 비켰지."

운오는 의아한 표정으로 그를 빤히 쳐다보았다. 어떤 나이에 이르면 뭔가를 저절로 받아들이게 되는 모양이었다.

"형이 그랬다고요?"

질문을 하고 나서 운오는 후회했다. 그간 지켜온 규칙이 몇 가지 있는데, 형 얘기가 나올 때면 가급적 입을 다무는 것도 있었다.

"그럼, 재밌는 녀석이어서 친구가 많았어."

그가 대수롭지 않게 말했다. 운오가 잠자코 있자 그는 계속 얘기했다. 할 얘기가 많은 듯했다.

"운규도 나랑 같이 공장에서 일했겠지. 여기서 할 수 있는 일이야 뻔하니까. 하루종일 일하고 공장을 벗어나서 새까만 밤하늘을 보며 같이 담배를 피웠겠지. 퇴근하고 담배를 피우면 그렇게 좋을 수가 없거든. 그러려고 매일 주머니에 담배를 넣고 다녔는데, 사장은 날 보기만 하면 잡아먹을 듯 노려봤어. 의지가 박약하다는 둥 책임감을 말아먹었다는 둥 불로 공장을 날려먹을 놈이라는 둥. 그날도 너무 힘들어서 야근을 하다 말고 몰래 나와서 담배를 천천히 한 대 피웠어. 계속 참다가 담배를 피우면 말이야, 이 간단한 걸 뭐하러 참았나 하는 생각이 들어. 불을 붙이고, 태우고, 다시 끈다. 그게 다잖아. 이깟 담배 때문에 사장한테 그렇게 욕을 먹었나 싶어지지. 담배가 타는 동안 아무 일도 안 일어났잖아. 냄새는 남았지만 그뿐이었어. 담배 한 대 피웠다고 공장에 바로 불이 나지는 않는 거야."

형과 관련된 얘기는 아니었다. 당연했다. 그에게는 형의 죽음과 얽힌 죄책감 같은 게 없을 테니까. 부러웠다. 그에게는 죽어서까지 인생을 간섭하는 사람이 없었다. 그는 잠자코 불에 탄 호텔을 바라보며 담배를 입에 물었다. 불을 붙이지는 않았다.

"그래서 꽁초를 던지고 싶었던 걸까. 공장을 다 태울 작정으로?"

"꽁초를 던졌어요?"

"자연발화래도. 꽁초는 바지 주머니에 있었어."

"다행이네요."

"하지만 주머니에 있던 건 전날 피운 담배일 수도 있잖아."

그가 물고 있던 담배를 바지 주머니에 넣으며 말했다.

"자연발화라면서요."

"물론 그렇지. 그런데도 내가 불씨가 남은 꽁초를 던져서 공장에 불이 났다는 생각이 들어."

"자책하지 마세요."

"그렇게 생각해야 후련해. 죽자고 애쓰더니 기어이 불이라도 냈구나 생각해야 겨우 기분이 나아져."

그가 운오에게 기차 시간이 얼마나 남았느냐고 물었다. 이미 늦었지만 운오는 지금 역으로 가면 된다고 대답했다. 그가 앞장서서 역 쪽으로 걸음을 옮겼다.

"이쑤시개요, 쓰지 말아요."

운오가 노인처럼 굽은 그의 등을 보며 말했다.

"왜? 그게 얼마나 시원한데."

"이쑤시개 때문에 죽는 사람이 번개 때문에 죽는 사람보다 많아요."

운오가 그의 곁으로 다가가 재게 걸으며 얘기했다. 화재로 인한 사망자보다 길거리를 보행하다 죽는 사람이 더 많다고. 그런 관점에서 보자면 뱀이 테러리스트보다 위험하다고도 얘기해줬다. 숨이 찼지만 쉬지 않았다. 그가 의아한 표정으로 자신을 보며 멈춰 선 것도 개의치 않았다. 내친김에 이제껏 모아온 죽음의 확률을 죄다 늘어놓을 생각이었다. 상어보다 나무에서 갑자기 떨어지는 코코넛을 조심하는 게 낫다고 얘기하자 그는 별난 농담이라는 듯 헛웃음을 지었다.

역에서 그와 헤어질 때까지 운오는 이건 농담이 아니고 확률적으로 보통 그렇게 되기 마련인 얘기라고 말해주지 못했다.

홀리데이 홈

이진수는 군인이었다. 보자마자 알 수 있었다. 소개해준 사람이 말해주어서는 아니었다. 군복이나 관등성명 없이도 군인처럼 보였다. 장소령은 그게 별로였다. 그런데도 이진수가 함께 저녁을 먹자고 하자 고개를 끄덕였다. 자신도 다음 진급에는 소령이 된다는 말 때문이었다. 이름이 같아진다며 이진수가 웃었다.

막 대위가 되었다는 이진수는 들떠 보였고, 장소령은 그의 짧은 머리와 까맣게 탄 얼굴을 보며 조금 웃어주었다. 사시미 세트를 주문했는데 비교적 질 좋은 우니가 포함되어 있었다. 장소령은 우니를 입에 넣어 천천히 녹여 먹었다. 이진수는 그것을 지켜보았고 식사 내내 우니를 한 점도 먹지 않았다.

"왜 안 먹어요?"

"안 좋아합니다. 비려요."

기대하던 답이 아니라 조금 김이 샜지만 장소령은 그날 헤어질 무렵에 "소령님" 하고 장난스레 부르는 이진수의 그을린 얼굴이 그다지 군인처럼 보이지 않는다고 느꼈다.

다음에 만났을 때 장소령은 왜 군인이 되었는지 물었는데, 대답하면서 이진수는 얼굴에 손을 자주 갖다댔다. 생각해본 적 없다는 듯이. 장소령은 그냥 알겠다고 대꾸했다. 몇 번 만나고 나니 비슷한 점도 있었다. 셔츠를 입을 때 단추를 다 채우고 누군가 부르는 소리가 들리면 항상 돌아본다는 점이 그랬다. 시간이 궁금하지도 않으면서 자주 손목시계를 보는 버릇도 같았다.

이 년 후 그들은 결혼했다. 그로부터 오 년이 지나 이진수는 소령으로 진급했다. 동기에 비해 조금 늦은 편인 걸 의식해서 뭐든 열심히 했다. 관사에 들어오는 시간이 점점 늦어졌지만 이진수는 소령에서 멈춰야 했다. 전역 사실을 장소령에게 전하면서 그다지 힘들어 보이지 않았다. 실제로 힘들지 않아서였다. 이진수는 미련이 없다고 했다. 오랜 시간 군인으로 지냈지만 건진 게 많지 않다는 생각이 든다면서.

"나도 이제 평생 소령이야."

그 농담에도 장소령은 웃지 않았다. 이진수가 군인이 아니라고 생각하면 안도감이 들기도 했지만 그의 여전히 짧은 머리와 어중간한 나이를 생각하면, 무엇보다 성장기에 있는 아들을 떠올리면

조바심이 났다.

처음에 이진수는 이유를 말해주지 않았다. 장소령도 캐묻지 않았다. 본래 소령에서 중령으로 진급하는 단계에서 탈락자가 가장 많았다. 그래도 걸리는 게 있었다. 관사 사람들이 딱한 표정으로 자신을 보던 게 마음에 남았다.

결국 이진수는 얘기했다. 어느 밤, 장소령더러 소파로 와서 앉아보라고 하더니 그간 부대 내에서 어떤 식으로 물품의 납품단가를 부풀려왔는지, 자신이 어쩌다 가담하게 되었는지, 그 일에 연루된 사람이 얼마나 있는지 얘기해줬다. 돈이 좀 생기자 남다른 활기와 결속력도 생겼다. 하지만 거래 내역이 적힌 문서를 본 부하 한 명이 다른 상관에게 고하면서 그 일이 드러났고 책임질 사람이 필요해졌다. 가담자 전원은 아니고 적당한 계급의 한 사람 정도. 그게 이진수였다.

얘기하는 동안 이진수는 내내 벽에 걸린 시계를 보았다. 사 분 걸렸다. 삼 년간 벌어진 일이었는데, 요약하니 별거 없었다. 비교적 솔직히 얘기해줬다는 생각에 장소령은 잠자코 있었다. 화가 나지는 않았다. 장소령이 느끼기에 이진수는 다른 사람이 있을 때나 없을 때 똑같이 행동하는 사람은 아니었다.

"그게 누구야?"

장소령이 물었고, 이진수는 친하게 지내던 상관의 이름을 댔다. 그가 먼저 제안했다. 내키지 않으면 중장비 자격증을 따두는 게 좋을 거라고 했다. 연금 없이 전역하려면 말이다.

"아니, 부하 말이야."

"그걸 알아서 뭐해."

이진수가 퉁명스럽게 군다는 데 장소령은 놀랐다. 틀린 말은 아니었지만 어째서 당당한지 의아했다. 이진수는 그보다 상관에 대해 얘기하고 싶어했다. 그가 자신의 전역을 얼마나 안타까워했는지를. 말을 마친 이진수는 홀가분한 표정으로 방으로 갔고 장소령 홀로 어리둥절한 기분으로 소파에 남았다.

이후 장소령은 종종 그 밤의 기분을 떠올렸다. 당시에는 이진수가 솔직히 얘기해줬다고 여겼지만 시간이 지날수록 거짓이 포함되었다는 생각이 들었다. 전부는 아니지만 일부는 거짓이라고. 이진수가 자신에 대한 상관들의 처사를 바로 납득해서였다. 그는 책임을 져야 할 사람이 다른 누구도 아닌 자신인지를 잘 알고 있는 것 같았다. 그것 말고 다른 이유도 있다는 뜻이었다.

이진수는 잘해보려고 했다. 돈을 끌어모으고 대로변 건물 일층을 빌려 한우 전문점을 차렸다. 위치 때문에 권리금이 들긴 했어도 저녁식사 시간이면 제법 자리가 찼다. 가게 전면에 숙성고를 배치해서 한우를 덩어리째 넣어뒀다. 군인답게 통이 크다고 말한 사람은 장소령의 아버지였다. 그는 전역한 이진수를 여전히 소령이라고 불렀다. 장소령에게는 야, 라고 하거나 기집애, 라고 타박하듯 말문을 텄기 때문에 호칭으로 헛갈리는 일은 없었다.

이진수는 많은 걸 다시 배워야 했다. 발폭이 EEE로 표시된 군화 대신 치수를 올려 스니커즈를 골랐다. 차체가 낮은 자동차를 제한속도에 유념하며 운전하는 요령을 익혔고 관등성명 없이 가게 상호를 말하며 전화 받는 습관을 들였다. 딱딱하고 경직된 어미를 쓰지 않고 나이 어린 손님에게도 경어를 썼다. 시키기만 하면 다 들어주는 젊은이는 없으며, 지나가는 어린 남자가 자신에게 경례할 리 없다는 것을 의식했다. 긴 인생을 두고 봤을 때 이진수가 군인이었던 것은 잠시뿐이지만 어떤 일은 그럴수록 평생 지속되었다.

장사를 하면서 이진수는 부쩍 늙었다. 그간의 젊음은 줄곧 유지된 명령투와 단호하고 단일한 제복에서 온 모양이었다. 이제 그것들은 없어졌다. 살이 올라 얼굴이 조금 두툼해지자 고깃집 사장다워 보였다. 얼마 전까지 군장을 꾸려 야전훈련을 하던 사람 같지 않았다. 짧고 직설적인 말투는 여전해서 대출 고객을 상담하는 은행원처럼 보이기도 했다. 준비해간 서류를 일일이 살펴보고 사소한 것을 트집잡아 미진하다며 돌려보내는 은행원 말이다. 실제로 이진수는 곧잘 직원들을 긴장시키고 실수를 지적하며 깐깐하게 따져 물었다.

개업한 지 두 달쯤 지났을 무렵 장소령은 상관 부인 중 한 명에게서 걸려온 전화를 받았다. 관사에 있을 때 그녀는 장소령을 제 당번병처럼 부려먹었다. 병사가 있어도 장소령에게 뭔가 시켰다.

장소령이 민망해하는 병사의 눈치를 보는 걸 즐겼다. 한번은 장례식에 가야 하는데 검은색 스타킹이 없다면서 "스타킹은 여자가 사야지" 하고 장소령을 쳐다보았다.

"자기, 그거 알아?"

"뭘 더 알아야 하죠?"

장소령이 대뜸 대꾸하자 여자는 당황했는지 말을 조금 더듬으며 "아는구나. 자기가 안다니 다행이네" 하고 말을 이었다.

"아직 입원중이래."

여자가 깊게 한숨을 내쉬었다. 다른 말도 했는데, 이번에는 장소령도 아는 얘기였다. 그렇기는 해도 아는 게 많지는 않았다. 이진수가 왜 그렇게까지 했는지 모르겠다는 여자의 말이 그랬다.

"그건 정말 아니잖아."

여자는 또 한숨을 쉬었지만 그 일이 무엇인지 정확히 얘기해주지 않았다.

"자기가 가봐야 하지 않겠어?"

여자가 물었다. 장소령은 누가 입원한 건지, 왜 다친 건지 묻지 않았다. 알면 안 된다는 생각이 들었다. 그 대신 "저는 자기가 아니에요" 하고 더듬거리며 말했다. 여자가 알아듣지 못해 "응?" 하고 되묻더니 화도 내지 않고 그저 습관이라고 얼버무리며 그럼 앞으로 뭐라고 부르냐고 칭얼대듯 물었다. 장소령은 대꾸 없이 전화를 끊어버렸다.

시간이 한참 지나 장소령은 이진수에게 불쑥 그 사람은 어떻게 되었느냐고 물었다.

"누구 말이야?"

이진수가 되물었다. 장소령은 병원에 다녀왔었다고, 다른 사람을 찾는 척 병실에 들어갔었다고 말하지 않았다. 이진수가 그렇게까지 한 결과로 거기서 눈을 감고 누워 있게 된 사람에 대해서도 말하지 않고 빤히 쳐다보기만 했다.

"글쎄, 무슨 소린지 모르겠네."

이진수는 그렇게 대답하고 슬쩍 피했지만 장소령은 그가 알아차렸다고 확신했다.

이진수는 더 노력했다. 가맹점사업을 벌였고 점주 모집 공고를 냈다. 장소령의 아버지는 이소령이 원하면 자신도 지점을 낼 수 있다고 떠봤다. 이진수는 대답하지 않았고 그 일로 장소령의 아버지와 사이가 틀어졌다.

이진수가 군인이었을 때 관사로 찾아오는 사람들이 있었다. 전역 후 자영업을 시작했다가 시간이 지나면 택시나 마을버스 기사 면접을 보러 다니고 이내 얼굴이 검게 변하고 몸이 말라서 돈을 빌리러 오는 사람들이었다. 이진수도 몇 번인가 돈을 줬다. 큰돈은 아니었다. 지갑에 있는 현금을 전부 털거나 근처 편의점 ATM에서 딱 경조사 비용만큼 출금해서 봉투에 넣었다.

"못 받는 돈이야."

이진수의 말이 맞았다. 그 사람들은 더 나빠졌다. 다시 만나본 건 아니었다. 소문으로 들었다. 소문 속에서 그들은 다 잃었다. 돈이 시작이었고 가족 얘기로 끝났다. 혹은 가족 문제였는데 파산으로 끝나거나. "어머나, 어쩌다가……" 장소령은 얘기를 들으면 즉각적으로 대꾸했지만 지나고 나면 마을버스를 몰다 인사 사고를 내서 거액을 물어주고 이혼을 했다는 사람과 결국 빚에 떠밀려 물속으로 차를 몰고 질주했다는 사람이 누구인지 까먹었다. 그 때문에 이진수로부터 영업정지에 대한 얘기를 들었을 때도 장소령은 "어머나, 어쩌다가……" 하고 대꾸했고 의미를 깨닫고 나서야 흠칫 놀라 입을 다물었다.

이진수는 그간 육우를 한우라고 속여 판매해왔다. 단속 때 원산지증명서를 제시하지 못했다. 식당 몇 곳의 이름이 언론에 크게 보도되었는데 그중에 이진수의 식당도 있었다. 영업정지 기간에 식당 정문에 징계 내역과 사과문을 크게 써서 붙여뒀다. 납품업자에게 속은 건 아니었다. 이진수는 알고 했다. 처음에는 찌개와 전골에만 넣었고 점차 구이용에도 조금 섞어서 내놓았다.

영업정지 기간이 끝나자 예전처럼은 아니지만 장사가 되기는 했다. 하지만 재료가 늘 남았고 맛이 나빠졌고 당연한 수순으로 손님이 줄었다. 종업원을 해고하면서 장소령이 홀 서빙을 도왔다. 이진수는 식당에 붙어 있질 않았다. 만회해보려고 다른 일을 벌였고 결국 얼마 지나지 않아 장소령과 소파에 앉아 얘기를 나눠야 했다.

그들에게는 결정해야 할 문제가 있었다. 캐나다에 있는 아들의 거취 말이다. 아이는 일 년 전 어학연수를 떠났고 연수 종료 후 그곳에 있는 학교에 진학했다.

"엄마, 여긴 달라요."

아들은 그렇게만 말했다. 장소령은 알아듣고 이진수에게 "거긴 좋대" 하고 바꿔 말했다.

이진수는 아들이 그렇게 말한 건 그곳에는 같은 반 아이들이 없어서라고 생각했다. 어떤 밤 아이는 제 방의 이불을 다 찢었다. 어떤 밤엔 제 몸에 볼펜으로 상처를 냈다. 어떤 밤에는 남김없이 토했다. 거기는 적어도 그런 밤이 없다는 뜻이었다.

돌아와야 한다는 말을 어떻게 할 수 있을까. 아침이면 장소령은 아들에게 전화를 걸었다. 안 받을 때가 많았는데, 그런 날은 메시지를 남겨두어도 전화가 다시 걸려오지 않았다. 어쩌다 통화를 하고 끊을 때면 공연히 아들의 이름을 여러 번 불렀다. 아들은 듣지 못한 척 전화를 끊었다. 최근 통화에서는 오랜만에 길게 얘기를 나눴다. 수영을 시작했는데 염소 냄새가 지독하지만 몸이 붕 뜨는 느낌이 좋다고 했다. 사람이 많지 않은 시간에 저학년 아이가 풀에 빠져 허우적거리는 걸 도와줬다고도 했다.

"엄마, 걔가 살려달라고 했어. 나한테 그렇게 말하는 사람은 처음 봤어."

아들은 웃었다. 장소령은 본 적 있었다. 실수한 당번병에게 이진수가 기합을 주려고 하자 당번병이 대뜸 그렇게 말했다. 이진수는 장소령이 있는 걸 의식하고 당번병에게 훈시를 늘어놓았다. 당번병은 뭔가 아는 눈치였다. 이런 일을 여러 번 겪은 듯했다.

아들도 알고 있었다. 관사에서 살 때 친구로 지내던 아이에게 전해들었다. 부모들이 방심하고 떠든 얘기를 아이가 듣고 아들에게 옮긴 모양이었다.

"엄만 왜 가만히 있었어? 왜 아무 말도 안 했어? 무섭지 않았어?"

느닷없이 아이가 물었던 적이 있었다. 장소령은 아무 대답도 하지 못했다.

"넌 무섭지 않았어?"

장소령이 물었다.

"엄마, 얕은 풀이었어. 가슴까지 왔나? 걜 일으켜세우기만 하면 됐어."

장소령은 그 얘기를 이진수에게 해줬다. 어떤 때는 일으켜세우기만 해도 자기가 넘어진 곳의 깊이를 알 수 있다는 얘기를. 이진수는 잠자코 듣다가 괜찮아져서 다행이야, 하고 말했다. 다 끝나버린 일처럼 얘기했다. 이진수는 아들이 입을 다물고 이불을 찢고 먹은 것을 토하고 방에 틀어박혔던 이유를 끝내 알지 못하리라.

식당을 처분하는 과정에서 애초 이진수가 별 밑천 없이 대출로 일을 벌였다는 게 드러났다. 담보로 잡혀 있던 아파트를 내놓아야 했다. 아직 남은 집이 있었는데 매수자가 나타나지 않아서였다.

집을 지은 사람은 제약회사 임원이라고 했다. 퇴직 후 지낼 생각으로 공들였는데 완공 후 얼마 머물지 못했다. 아내가 아팠다고 했나, 임원에게 문제가 생겼다고 했나. 다른 사람의 일은 아무리 놀라워도 듣고 얼마 지나면 잊어버리고 만다. 아무튼 부부 중 누군가의 건강이 나빠져 오래 머물지 못했고 그후 다시 돌아오지 못했다고 들었다. 어디나 그런 일이 생기니까. 누군가 문제가 생겨 집을 떠나고, 일단 떠나면 다시 돌아오기 힘들어지는 일 말이다.

그다음 주인은 식자재 납품업자였는데, 그가 채무를 제때 해결하지 못하면서 이태 전 이진수가 헐값이나 다름없는 조건으로 넘겨받았다. 이렇게 뺏길 집이 아니라고 납품업자가 눈물을 흘렸다. 조금만 봐달라고, 기다려주면 갚을 수 있다고도 했다. 이진수는 개업 때부터 채소들을 다 그에게 받아 썼다. 품질이 나쁜 경우가 거의 없었는데, 장마가 길어지거나 가뭄으로 물건이 나빠지면 어떤 식으로든 보충해줬다. 시간에 늦는 법도 없었고 주문하지 않은 물건을 매번 덤으로 주고 갔다. 믿음직스러운 사람이었다. 얼마나 믿음직스러운지 이진수가 돈도 빌려줬다. 상환이 곤란해졌지만 시간을 주면 충분히 해결할 수 있다고 한 말도 믿었다. 하지만 이진수는 원칙대로 했고, 장소령의 아버지는 수완이 좋다며 비꼬았다.

강줄기를 따라 동쪽으로 내려가면 휴양림과 자연 호수가 있는 산이 나오고, 계곡을 따라 늘어선 조악한 펜션의 반복에 지루해질 즈음 건축에 신경쓴 집들이 띄엄띄엄 보이기 시작했다. 그러고도 얼마간 더 들어가야 나무숲에 가려진 그 집이 나타났다.

한 번쯤 이런 곳에 살아봐도 좋겠다는 생각이 드는 집이었다. 하지만 입때껏 두 사람이 이곳에 살지 않은 것은 그럴 마음이 없어서였다. 간혹 아는 사람에게 집을 빌려주고 고맙다는 말을 들었다. 연휴 때면 빌려달라는 사람이 많아 오히려 양해를 구해야 했다. 이제 그런 연락을 해오는 사람은 없었다.

아이가 있을 때는 종종 이곳에서 주말을 보냈다. 제법 먼길을 걸어 인근 휴양림에 다녀오거나 계곡에서 낚시를 했다. 물이 깊고 유속이 빨라 입질이 좋다고 들었는데, 그래서인지 낚시하는 사람이 많았다. 이진수와 아이도 몇 번인가 따라 해봤다. 이진수는 금세 지루해했지만 아이는 끈기 있게 낚싯대를 들고 기다렸다. 작은 민물고기를 잡아 환호성을 지르자 근처 낚시꾼들이 조용히 하라면서도 아이를 칭찬해주었다. 고기의 이름이 갈겨니라고 가르쳐주기도 했다. 아이는 양동이에 갈겨니를 담아오다 말고 장소령에게 도로 가서 풀어주자고 했다. 그런 날이면 괜찮다는 생각이 들었다.

이진수는 집 왼편 풀이 우거진 마당에 차를 댔다. 잘만 다듬으면 배드민턴을 칠 수 있을 정도로 넓은 마당이었지만 이제는 그럴 기회가 없었다. 차에서 내린 이진수가 어수선한 마당을 둘러보고는 주저앉아 흙을 만져보았다.

"여길 좀 정리하고 뭔가 심을까? 상추 같은 걸로. 그건 싸고 빨리 자라잖아."

"원래 노지 상추가 맛있어."

갓 심은 상추라도 있어야 사람 사는 곳으로 보일 듯해 장소령이 맞장구쳤다.

시간을 들여 청소부터 하고 다저녁이 되어서야 호박과 감자, 청양고추를 넣어 얼큰한 칼국수를 끓여먹었다. 그러고는 낡은 리클라이너에 앉아 어두워진 계곡을 내려다보고 있자니 조금 기운이 나면서 쉬러 온 기분마저 들었다.

다음날 장소령과 이진수는 마당을 대충 치우고 종묘상에 들러 모종을 사왔다. 종묘상 주인에게서 아무리 텃밭이라도 비닐 멀칭을 해야 한다는 말을 여러 번 반복해서 들었지만 무시했다. 돌을 고르고 물을 뿌려가며 흙을 다듬은 후 포트에서 모종을 빼내 간격을 두고 심었다. 며칠 후에는 화훼농원에 가서 포치 근처에 둘 화분도 여럿 사왔다. 지저분한 화분 겉면을 물로 깨끗이 씻어 나무 크기에 맞춰 늘어놓았다. 꽃이 핀 식물은 화분에서 꺼내 마당 한쪽에 심었다. 얹혀사는 기분이 드는 와중에도 집은 제법 살림집 모양새를 갖춰갔다.

며칠 지나 이진수는 부동산 중개업자를 불렀다. 중개업자는 곧장 휴대전화를 꺼내 집안 여기저기를 사진으로 찍었다.

"이만하면 관리가 잘된 셈이네요. 경기가 안 좋아도 살 사람은 사거든요."

중개업자의 판단이 시세를 결정하기라도 하는 것처럼 이진수는 흡족해했다.

"기왕이면 좋은 분한테 팔아주세요."

"좋은 분이 따로 있나요. 제값 주고 사면 좋은 분이죠."

중개업자가 말했고 이진수는 그게 자신의 생각이라는 듯 고개를 끄덕였다.

매매가를 낮추자 예상보다 빈번하게 사람들이 들렀다. 중개업자와 함께이거나 중개업자 없이 성별과 차림이 각기 다른 두세 명이 불쑥 찾아왔지만 사려는 사람보다 그저 봐두려는 사람들이었다. 집을 보러 오는 사람들은 흠을 잘 찾아냈다. 정남향은 해가 너무 비쳐 못쓴다는 말을 들었다. 계곡물 소리가 들리자 창호를 트집잡았고 여간하면 눈에 띄지 않는 비뚤어진 줄눈을 가리키며 시공 실수라고 지적했다. 사진 액자를 가까이 들여다보며 아들은 어디 갔냐고 묻는 사람도 있었다.

거래 중지는 아니고 며칠만 방문객을 받지 말고 조용히 지내보자고 장소령이 말했다. 이진수도 고개를 끄덕였다. 하지만 중개업자에게서 전화가 걸려오자 이진수는 거절하지 않았다. 그는 여유가 없었다. 중개업자는 서울서 오는 사람들이라 좀 늦을 거라면서, 그래도 가도 되느냐고 물었고 이진수는 언제라도 편할 때 방문하라고 대답했다.

오후가 되자 비가 쏟아지기 시작했다. 꿉꿉한 냄새가 풍겨서 비가 들이치는데도 한참 현관문을 열어두었다. 이진수는 열린 문 앞에 구부정하게 앉아 상추를 심은 밭이 빗줄기에 속절없이 파이는 것을 지켜봤다. 종묘상 주인의 말대로 아무래도 헛수고를 한 것 같았다.

바깥에서 차 소리가 들렸다. 이진수가 재빨리 일어나 빗물이 튀는 포치까지 나갔다. 각자 우산을 든 남자 둘이 막 차에서 내렸다. 이진수는 남자들이 몰고 온 차가 상추밭을 깔아뭉갠 것을 보았지만 아무 말도 하지 않았다.

두 사람은 조심성 없이 우산을 털고 집안으로 들어섰다. 방을 보여줄 때마다 남자들은 잠자코 고개를 끄덕였지만 사실 별 관심이 없어 보였다. 이런 날 굳이 내려왔으면서 정작 집 내부를 둘러보는 일에는 건성이었다. 남향인지 동향인지, 계곡과 가까운데 너무 습하지 않은지 묻지 않았다. 세면대 수도를 틀어보지 않았고 보일러실이 어디에 있는지 다용도실에 곰팡이가 슬지 않았는지 체크하지 않았다.

"이건 꼭 보셔야 해요."

이진수가 두 사람의 관심을 사려는 듯 욕실에 설치된 편백나무 욕조를 가리켰다. 거기에서는 독특한 향이 풍겼다. 장소령은 좋아하지 않는 냄새였다. 두 남자가 살짝 인상을 썼다. 이진수는 못 보았는지 욕조에 대한 설명을 장황하게 늘어놓았다. 한 남자만 이진수를 힐끔거리며 열심히 듣고 다른 사람은 따분한 표정으로 욕실 이곳저곳으로 눈을 돌렸다.

보여줄 건 다 보여줬다. 이진수는 그들이 집을 둘러보며 조금 흥미를 보인 것들, 거실 층고나 외벽 자재, 건축가의 이름을 되풀이해 말했다. 호감을 사는 데 필요한 정보라고 여기는 것 같았다.

"생각해보고 중개사 통해 연락하겠습니다."

내내 딴청을 부리던 남자가 말했다.

"혹시 소령님 아니십니까?"

이진수를 쳐다보던 남자가 조심스럽게 앞으로 나서며 물었다. 이진수는 뒤로 물러서지 않으려 애쓰며 눈을 가늘게 떴다.

"접니다, 박민옵니다. 박일병이요."

이진수가 어색하게 그를 보았고 어, 어, 하고 당황한 듯 기억을 더듬다가 자네군, 하고 톤을 높여 말했다. 누군지 떠올랐다기보다 우선 그렇게 말해둘 필요가 있다고 여긴 듯했다. 그런 일이 종종 있었다. 이진수는 기억하지도 못하는 남자들이 다가와서 이진수의 계급을 대며 인사를 하고 자기소개를 했다. 식당으로 고기를 먹으러 와서 알은체한 사람도 있고 동네 슈퍼마켓이나 찜질방에서 인사를 받기도 했다.

박민오는 허리를 숙여 다시 인사하고 장소령에게도 인사를 건넸다. 선 채로 나눈 대화를 통해 이진수는 그들이 법인 명의로 주택을 매입한다는 사실을 알게 되었다. 나쁘지 않은 소식이었다.

어차피 이 집은 생활 감각으로 따져 묻지 않아야 살 수 있었다. 편의시설이 멀다거나 인적이 드문 걸 단점으로 치지 않고 골프장과 가까워 좋다는 사람들에게 어울렸다.

"오랜만인데 차라도 한잔하고 가지."

이진수는 일단 그들을 잡아둬야 한다고 여겼다. 박민오가 허락을 구하듯 옆에 있는 남자를 쳐다봤다. 남자는 바깥을 내다보고는 그러는 게 좋겠다고 했다. 비가 어지간히 퍼붓고 있었다.

"아무래도 차 말고 술이 낫지? 오랜만인데 아쉽잖아."

장소령이 찻물을 불에 올려놓자 이진수가 말했다. 이진수는 대답할 시간을 주지 않겠다는 듯 냉장고에서 소주부터 꺼냈다. 저녁에 먹으려고 둔 소고기도 내왔다. 차를 가져왔다고 말하면서도 두 남자는 더 말리지 않았다.

이진수는 달군 팬에 두태 기름을 고루 바르고 등심 조각을 올려놓았다. 시간을 두고 핏물이 사라진 고기를 한 번 뒤집어 익혀 남자들 쪽으로 밀어주었다. 서울에서 고깃집을 한다고 하자 박민오는 대뜸 "그럼 이 한우가 소령님이 파시는 거예요?" 하고 물었다. 이진수가 느긋한 표정으로 웃었다. 박민오는 한입 가득 고기를 넣고 우물거리며 과장되게 엄지손가락을 들어올렸다. 남자는 아랑곳없이 묵묵히 먹었다.

여전히 이진수는 박민오가 누군지 기억나지 않는 듯했지만 집을 팔고 사는 일을 화제로 삼는 건 즐거워 보였다. 박민오와 남자는 여러 채의 건물과 집을 거래해왔다. 그게 그들의 일이었다. 거액의 건물을 사서 법인의 세금을 줄이고 차액을 남겨 되파는 일 말이다. 그 일에 관심이 있음을 보이고 싶어서 이진수는 매매 기준이 뭐냐고 물었다.

"간단해요."

남자가 말했다.

"예산이죠."

이진수는 남자가 제 이름도 말해주지 않은 것을 깨달았지만 허허 웃었다. 박민오가 왜 아까운 집을 팔려느냐고 물어 이진수는 서울에서 좀더 가까운 곳으로 알아보고 있다고 둘러댔다. 나이들수록 가까운 게 좋다고, 멀리 있으면 멀어지는 법이라고도 했다.

운전을 해야 한다면서 술을 마시지 않던 두 남자는 금세 의지가 약해졌다. 처음에는 입에 잔만 댔고 고기가 아깝다며 한 모금 마셨고 이럴 바에는 빨리 먹고 깨는 게 낫다고 했고 단속이 없는 곳이라면서 조금 더 마시더니 소주가 떨어지자 아무거나 좋다고 해서 맥주를 내놓자 그것도 마셨다.

"그나저나 자네들 그건 알고 있나?"

"뭐요?"

"내가 심어둔 상추랑 채소를 자네들이 차로 죄다 깔아뭉갰어."

"죄송합니다, 소령님. 미처 못 봤습니다."

박민오가 장난스레 거수경례를 하며 사과했다. 장소령은 박민오가 고기 여러 점을 한꺼번에 입에 넣고 질근질근 씹는 것을, 입에 든 것을 보이며 말하고 웃는 것을 지켜보았다. 이진수가 여전히 소령이었다면 박민오와 테이블에 마주앉아 고기를 구워먹는 일은 없었을 것이다.

"아주 힘들게 심은 거야. 풀이 좀 있어야 집이 더 잘 보일 테니까. 여기 나무가 아주 근사해. 현관 앞 소나무는 울진에서 가지고 왔지."

현관이 닫혀 있어 마당이 보이지 않는데도 세 사람은 일제히 그쪽으로 고개를 돌렸다. 어둡지만 무엇인가 보인다는 듯 얼마간 그쪽을 쳐다봤다.

"안목이 있다면 대번에 알아봤을 거야. 날 좋을 때 꼭 다시 와서 제대로 보라고."

"집은 이런 날 봐야 합니다."

남자가 대꾸했다.

"응?"

이진수가 웬 농담이냐는 듯 되물었다.

"나무도 풀도 꽃도 없을 때 봐야 집이 제대로 보이죠."

"아니지. 이런 집은 산세랑 물길, 햇빛과 나무가 어떻게 자리잡았는지가 중요하지. 다 보고 제대로 사야지."

"집을 잘 아시네요? 겨울엔 안 살아보셨죠?"

남자가 피식 웃으며 되물었다. 이진수는 당황해서 남자와 박민오를 번갈아 보았다. 박민오는 재미있다는 듯 남자를 쳐다봤다. 박민오는 웃기까지 했다. 소리 내어 웃은 건 아니고 슬쩍 미소 지었다. 나이 어린 남자가 이진수의 기분을 거스르는 일은 별로 없었다. 이진수는 줄곧 대접받으며 지내왔다. 기분이 상하면 다시 그러지 않도록 가르쳐주면 그만이었다. 그럴 수 없어서 이진수는 인상을 쓰고 고기를 먹기 시작했다. 주기 아깝다는 듯 핏기가 가시기 무섭게 집어먹었다.

"소령님은 정말 제가 기억나세요?"

박민오가 쉬지 않고 먹는 이진수를 바라보며 물었다.

"그럼. 다 기억나지."

이진수가 건성으로 대꾸했다. 집 얘기를 꺼내기 곤란해진 후로 그는 눈에 띄게 지루해하고 있었다.

"소령님 덕에 우린 좀 좋아졌잖아요."

박민오가 말했다.

"허허, 그랬나?"

"소령님이 다른 부대로 가시면서 육사 출신 대위가 대대장으로 왔거든요."

이진수가 박민오를 쳐다봤다. 그러고 보니 8사단에 있던 병사인 모양이었다. 시기를 특정해도 기억이 나지 않기는 마찬가지였지만.

"소령님이 멀리서 걸어오시기만 해도 우린 다 쫄았어요."

이진수가 기분좋게 웃었다. 그는 권위와 위계를 칭찬으로 여겼다.

"우릴 엄청 팼으니까요. 툭하면 팼잖아요. 우리더러 악마에 씌었다면서요."

박민오는 키득거렸지만 이진수의 표정은 굳었다. 이진수는 덕분에 좋아졌다는 말을 그제야 알아들었다. 남자는 "그때야 다 그랬지" 하고 짐짓 대수롭지 않게 대꾸했다. 이진수가 남자의 말에 조금 여유를 되찾고 "다 그랬지" 하고 따라 말했다.

"다 그렇긴요. 새로 온 대대장님은 안 그러셨어요. 일병 시절은 정말 끔찍했어요."

박민오가 주머니에서 휴대전화를 꺼냈다.

"아직도 제가 누군지 모르실 테니 사진을 찍어두세요. 사진을 보면 다 떠오르잖아요."

"이런 꼴을 찍어서 뭐한다고……"

이진수가 제 차림을 살폈다. 박민오는 아랑곳 않고 사진을 찍더니 한참 들여다봤다. 이진수에게 보여주지는 않았다.

"사진에는 별의별 사람들이 다 남아 있잖아요. 나를 때린 사람도 있고 내가 잘못한 사람도 있고요. 심지어 죽은 사람도 있어서 기분이 이상해져요. 소령님도 그럴 때가 있어요?"

박민오가 무표정하게 물었다. 왜 없겠는가. 이진수의 아버지는 삼 년 전에 죽었다. 장소령의 어머니는 그보다 일찍 죽었다. 누구에게나 그런 사람이 있다. 하지만 이진수는 대꾸하지 못했다. 대신 딱딱해진 고기 한 점을 입에 넣고 천천히 씹었다.

별안간 장소령은 박민오가 남편을 처음 소령님이라 불렀을 때 느낀 거북스러움이 무엇 때문인지 깨달았다. 병원에 누워 있던 이진수의 부하를 본 후로 장소령은 누군가 이진수를 알아보면 겁부터 났다.

"난 있어요."

남자가 말했다.

"고향에서 우리 셋은 항상 붙어다녔죠. 하루는 내가 어딜 가느라 빠지고 두 녀석만 산에 갔어요. 그런데 한 친구가 계곡으로 굴렀어요. 발을 헛디뎠대요. 굴렀는데 목에 시퍼렇게 멍이 든 거예요. 맨날 가는 산인데 하필이면 다른 길로 가더니 거기서 굴렀죠. 그런데 이상하죠. 사람이 굴렀다면서 구조 신고도 바로 안 했더라고요. 어떻게 그럴 수 있죠? 병원에 오래 있었는데 결국 못 깨어났어요."

이진수는 눈살을 찌푸렸다. 그는 자주 그런 표정을 지었다. 뭔가를 정확히 보려거나 깊은 생각에 빠져서는 아니었다.

"그래서 내가 산을 싫어해요. 나무도 싫어하고 계곡도 싫고요."

남자가 갑자기 웃었다. 박민오도 따라 웃었다. 날이 흐리지 않았다면 그들은 소나무도 변변치 않다는 걸 알아차렸을 것이다.

고기가 팬 위에서 타들어갔다. 이젠 아무도 고기에 손을 대지 않았다. 화력을 조절하지도 않았다. 장소령은 육즙이 다 빠져 딱딱해진 시커먼 고기를 쳐다보았다.

"죽은 친구랑 같이 산에 갔던 친구가요, 자기는 매주 예배를 보러 간대요. 예배가 끝나면 꼭 봉사도 한대요. 식당에서 교인들한테 밥도 퍼주고 청소도 한대요. 예배당 바닥도 닦고 길쭉길쭉한 의자도 죄다 걸레로 문지르고 교회 마당에서 쓰레기도 줍고 비질도 하고 계단도 쓴대요. 비가 올 때는 비를 맞으면서 그걸 다 한대요."

그는 이진수를 빤히 쳐다봤다.

"자긴 그걸로 다 했대요. 충분하대요."

말을 마친 남자가 애당초 입을 연 적 없다는 듯 무표정한 얼굴로 돌아갔다. 박민오가 그런 남자를 보더니 키득거렸다. 얼굴을 구기며 웃어서 우는 것처럼 보이기도 했다.

"소령님도 그럴 때가 있어요?"

박민오가 눈가를 닦으며 물었다.

"있어요? 뭘 했어요?"

"하긴 뭘 해. 자네들 그만 일어나지. 너무 취했어. 대리를 불러야겠어."

"나는 부하가 아니잖아요."

남자가 소리쳤다. 이진수가 놀란 표정을 지었다.

"에이, 가긴 어딜 가요. 술도 남고 고기도 이렇게 남았는데요."

박민오가 어리광을 부리듯 말했다.

"다 먹었어. 자네 많이 했네."

"그럼 이거 치우고 가겠습니다. 상추도 다시 심고 가겠습니다. 이까짓 것 금방 합니다."

박민오가 빈 그릇을 들고 일어섰다.

"아니야, 괜찮아. 그냥 둬. 아무것도 하지 마."

"왜요? 왜 아무것도 안 해요? 뭐라도 해야죠."

박민오가 이진수를 빤히 보았다. 그는 이제 일병이 아니었다. 더는 이진수의 말을 따를 필요가 없었다.

"알았으니까 그만들 가지."

"왜 계속 반말이냐고. 나는 부하가 아니라고."

남자가 이진수에게 소리쳤다. 박민오가 낄낄 웃으며 그를 일으켰다. 이진수는 한숨을 쉬고 현관으로 걸어가 재촉하듯 문을 열었다. 장소령이 어떻게 가려느냐고 묻자 박민오는 무작정 문가를 가리켰다. 어둡고 폭우가 내리는 마당에 그들의 차가 있었다. 그들은 취했고 이 상태로 다른 곳으로 가지 못할 것이다. 대리기사가 오기를 기다리거나 어쩌면 밤새 거기 있을지도 몰랐다.

이 집은 넓고 방이 여러 개였지만 장소령은 그들에게 방을 내주기 망설여졌다. 더한 얘기를 듣게 될까봐 겁이 났다.

"그런데 소령님."

박민오가 현관을 나서다 말고 멈춰 섰다. 남자는 휘청거리며 인사도 없이 쏟아지는 빗속으로 먼저 걸어나갔다. 포치의 조명 때문에 그의 젖은 어깨가 번들거렸다.

"소령님."

박민오가 다시 불렀다. 장소령과 이진수가 동시에 그를 쳐다보았다. 박민오가 뭐라고 말했다. 포치에 떨어지는 빗소리가 워낙 요란해서 취한 듯 중얼거리는 그의 목소리는 들리지 않았다. 남자는 폭우가 내리는 어둠 속에 우두커니 서서 장소령과 이진수가 있는 쪽을 빤히 쳐다보았다.

"예? 소령님?"

박민오가 목소리를 높였다. 누구도 이유 없이 목소리를 높이지 않는데도 이진수는 모욕당한 표정을 지으며 안으로 들어가버렸다.

장소령은 박민오가 애타게 부르는 소령님이 누구인지, 무엇을 추궁하려는지 당연히 알았다. 하지만 박민오가 비틀거리며 마당으로 나서는 모습을 잠자코 지켜보았고, 더는 비가 들이치지 않도록 현관문을 굳게 닫았다.

리코더

사건은 간단해 보였다. 목격자는 없지만 증거와 정황이 비교적 선명했다. 모자와 마스크로 얼굴을 가린 두 남자가 엘리베이터에 수오를 태웠다. 끌리듯 올라타는 수오의 모습이 CCTV에 고스란히 담겼다. 엘리베이터에서 수오는 도움을 요청하려고 소리를 지르거나 벗어나려고 애쓰지 않고 두 남자 사이에 꼭 끼어 있었다. 수오 오른편에 선 사람의 팔이 부자연스럽게 구부러졌는데, 경찰은 흉기로 수오를 위협하는 자세라고 추측했다. 엘리베이터에서 내리면서 수오는 고개를 조금 돌려 카메라를 쳐다봤다. 뭐라고 말하는 듯했는데 화질이 흐릿했다. 무영이 수오의 집에서 지낸 지 삼 주 만에 벌어진 일이었다.

사건이 쉽게 해결되리라는 기대를 버리는 데는 오래 걸리지 않았다. 경찰이 이런 상황에서 으레 조사하기 마련인 인근 지역 CCTV를 확보한 다음의 일이었다. 수집된 영상 어디에도 두 남자에게 끌려가는 수오의 모습은 보이지 않았다. 그들이 탄 것으로 추정되는 차를 찾으려면 영상 자료가 더 필요했다. 사건이 지루한 국면으로 접어들었다.

주차장이 있는 지하 일층 엘리베이터에서 내린 후 일행은 더이상 아파트 CCTV에 찍히지 않았다. 얼마 전 침수로 몇 대의 CCTV가 고장났다. 관계자는 지난 폭우 때 고장난 것을 아직 수리 못했다고 둘러댔지만 낡은 전기 배선과 시설을 고려하면 오래전부터 고장난 채 방치되었을 가능성이 많았다.

거실에서는 납치 정황을 암시하는 몇 가지 증거가 쉽게 확보되었다. 소파 근처에 담배꽁초 세 개비가 떨어져 있었고 거실 바닥에 발로 담배를 비벼 끈 흔적도 있었다. 수오는 담배를 피우지 않았으므로 두 남자가 피운 것이리라. 현장에 도착한 경찰은 담배꽁초를 모두 수거했다. 마룻바닥에서 선명한 족적도 찾아내 증거로 확보했다. 족적은 신발을 신고 무례하게 들이닥친 사람이 남자라는, 이미 아는 사실을 확인시켜주었다.

경찰은 얼마간 자료 분석에 매달렸다. 어질러진 거실에서 발견된 것들, 이를테면 몸싸움이나 강한 저항의 흔적으로 보이는 쓰러진 사이드 테이블과 플로어 스탠드, 바닥에 떨어진 시사주간지, 볼펜, 부채, 아무것도 쓰이지 않은 메모지, 무선전화기와 텔레비전 리모컨 등에서 지문을 확보하려 애썼으나 거주자인 수오와 무영 외에 다른 사람의 흔적은 발견되지 않았다.

수합한 담배꽁초는 시일이 오래되어서 유전자 정보를 감식하기 어려웠다. 소견을 제출한 전문가는 그것이 증거를 조작하는 전형적 수법 중 하나라고 했다. 길거리에서 담배꽁초를 주워와 거실에 던져두었으리라는 것이다. 지나치게 선명한 족적도 의심스럽기는 마찬가지였다. 일부러 바닥에 힘껏 눌러 찍은 게 아니라면 족적이 남을 리 없는 날씨였다. 한쪽 발만 정확히 찍힌 모양새도 어색했다. 많은 수의 증거를 분석하고 해석하느라 경찰은 시간을 낭비하다 그중 유의미한 증거는 없으며 범인이 수사에 혼선을 일으키려 한다는 결론을 내렸다.

이렇다 할 증거가 더는 없는 상황이라 다시 처음부터 되짚어나가야 했다. 전통적 수사에 의존해야 한다는 의미였다. 목격자 제보, 알리바이 조사, 소문 검토, 주변 인물 탐문, 무작위 심문 같은 지난한 일들 말이다.

수사관은 원한관계를 살펴보려 수오가 감리 회사에 재직할 당시 관여한 안정성 심사의 불공정성 여부를 조사했고 그중 한 일화에 주목했다. 수오가 시행한 안전점검에서 즉각 조치가 필요하지 않은 B등급을 받은 건물의 외장재가 떨어져나가는 사건이 있었다. 벽면에 붙어 있던 벽돌 수십 개가 떨어지면서 건물 아래쪽을 지나던 미화원이 미처 피하지 못하고 사망했다. 준공한 지 이십육

년 된 건물로, 계단이며 벽면에 금이 많아 안전 조치를 요구하는 입주사가 여럿인 가운데 벌어진 사고였다.

그간 수오는 완벽할 정도로 깐깐하게 업무 처리를 해왔다. 여간해서는 A등급을 주지 않아 업무 초반에는 괜한 오해를 사기도 했다. 바라는 바가 있어서 결코 적합 판정을 내리지 않는다는 것이었다. 상사들조차 정확한 태도는 좋지만 지나친 엄격함은 일을 지연시킨다고 지적할 정도였다. 하지만 이 건에 관해서는 회사에서도 담당자들의 의견이 엇갈렸다. B등급이 합리적 판단이라고 보는 사람이 있는가 하면 완전히 초보적인 실수라고 주장하는 사람도 있었다.

사고 직후 유가족이 사무실로 찾아왔다. 그들은 건물주와 용역파견 업체, 담당 공무원을 만났고 그 과정에서 안전점검을 맡은 회사 책임자를 알아냈다. 그러고는 단박에 수오와 건물주의 결탁을 의심했다. 안전점검을 시행하는 담당자는 종종 그런 오해를 샀다.

유가족은 멱살을 잡거나 종주먹을 들이대며 분풀이를 하는 대신 차분한 어조로 수오의 잘못을 고발하겠다고 통보했다. 당황한 수오를 대신해 동료들이 보안 담당자를 불러 무단 침입한 유족을 쫓아냈다.

며칠 후 수오는 유족을 사무실로 불렀다. 관리자들과 유족이 함께한 자리에서 수오는 제 잘못을 순순히 인정하고 회사측의 보상

범위를 설명했다. 관리자들은 협의되지 않은 사항이라며 일제히 자리를 떴고 유족은 수오가 빠져나갈 묘책을 쓰는 거라 여겨 불쾌해했다.

회사에서는 수오의 의도된 실수라고 수군대는 사람이 생겨났다. 건물주와 합심해 꾸민 일이라고 유족에게 의심을 샀던 수오는 이번에는 합의금을 노리고 유족에게 접근했다는 오해를 받았다. 회사로부터 고액의 합의금을 타내도록 도와주고 대가를 받기로 했다는 것이다. 평소 수오의 엄격한 태도를 못마땅해하던 동료들은 수오가 지나가면 노골적으로 쳐다보며 입을 꾹 다무는 식으로 지금 그가 도마에 올랐다는 사실을 알려주었다. 관리자에 의해 수오의 담당 업무 전반에 관한 조사가 진행되었으며 넘어갈 수 있는 몇 가지 사소한 문제들이 지적되었다. 하지만 반감을 가진 관리자조차 수오가 업무를 처리하는 방식에 간혹 실수가 있기는 하지만 딱히 의심을 살 만한 일이나 협잡을 꾸민 의혹은 없음을 쉽게 알아냈다. 사고 후 이 개월쯤 지나 수오는 일신상의 이유로 사직서를 제출했다.

경찰에 불려간 수오의 직속 상사는 퇴사에 어떤 외압도 없었다고 진술했지만 같은 팀 후배는 그 정도의 노골적인 압박이라면 누구도 버티지 못했을 거라고 단정했다. 무엇보다 그 일은 아직 끝나지 않았다. 유족이 회사를 상대로 제기한 소송이 진행중이었다.

수사관은 회사 동료 탐문에 집중했다. 그들을 전부 조사할 듯 굴었다. 대개 사무실에서 간단한 진술을 듣는 선에서 그쳤으나 몇 명은 경찰서로 소환했다. 그런 일을 벌일 만한 동기가 마땅치 않았음에도 상사는 알리바이를 증명해야만 했다. 그는 누군가 원한을 품고 그런 짓을 벌였다면 오히려 수오 쪽이 아니겠느냐고 반문했으나 수사관으로부터 그렇다면 수오가 앙심을 품게끔 행동한 게 맞긴 하느냐는 핀잔을 들었다.

무영도 수사관과 여러 번 마주앉았다. 수사관은 머리를 짧게 자르지도 않았고 코가 뭉툭하게 눌리지도 않았다. 덩치가 작았고 숱 많은 머리칼이 단정한 가르마로 나뉘어 있었다. 영락없이 성실한 사무직 공무원처럼 보였다.

무영은 도둑이 들었다고 생각해서 수오에게 전화를 걸었다. 집에서 뭔가를 잃었다면 그건 수오의 것일 테니까. 이 집에서 무영의 물건은 오래된 옷가지 몇 벌뿐이었다. 수오와는 통화가 되지 않았다. 전화기가 꺼져 있는 게 아니었다. 결번이었다. 그러고 보니 통화는 물론이고 서로 문자메시지를 나눈 지도 오래였다. 이번에는 수오의 회사로 전화를 걸었는데 퇴사했다는 말을 들어야 했다. 무영의 신고로 집에 도착한 경찰은 도난 사건으로 추측했다가 CCTV 확인 후 납치 사건으로 전환했다.

수사관은 무영이 집에 도착해서 경찰에 신고하기까지 걸린 시간에 주목했다. 누가 봐도 침입의 흔적이 있는 어질러진 집에서 무영이 두 시간 동안이나 수오의 노트북으로 뭔가 검색했다는 걸 수사관은 이해하지 못했다. 무영은 노트북을 제출해 검색 기록을 확인시켜주는 방식으로 행적을 입증했지만, 하필 그때 왜 검색이나 하고 있었는지 수사관을 납득시켜야 했으므로 지난 주말에 수오가 한 얘기를 꺼냈다.

텔레비전을 보고 있던 수오가 먼저 말을 걸었다. 무영은 식탁에 있었는데 음식물 씹는 소리가 수오의 목소리를 해치지 않도록 조심했다. 텔레비전에서는 개그맨들이 끝말잇기 게임을 하고 있었다. 지는 사람이 벌칙으로 물풍선을 맞는지 비명을 지르듯 크게 낱말을 외치는 소리와 웃음소리, 물풍선 터지는 소리가 뒤섞여 들렸다.

수오는 화면에서 나오는 것과 영 상관없는 오래전 마술사 얘기를 했다. 알고 보면 속임수라거나 재빠른 손 기술에 대한 얘기이리라 짐작하고 무영은 건성으로 대꾸하며 밥을 마저 먹었다. 수오가 말하는 마술사 후디니는 무영도 알고 있었다. 대학 때 영화제 자원봉사를 하면서 다큐멘터리를 제법 많이 보았는데, 그 마술사에 관한 것도 있었다. 탈출과 공간 이동 마술로 명성을 얻은 마술사로, 현대의 많은 마술 기법이 그에게 영향을 받아 만들어졌다고 했다. 그렇기는 해도 지금 생각하면 확실히 구식이었다. 온몸에 쇠사슬과 자물쇠를 친친 동여매고 조그만 상자에 갇혀 빠져나오려고 애쓰는 모습은 기괴했고, 기예라기보다는 학대에 가까워 보였다.

"그게 마지막 말이었어."

언제 화제가 바뀌었을까. 수오가 자신을 보며 어색하게 웃고 있어서 무영은 다시 수오의 말에 집중했다. 하지만 마지막 말이라는 게 무슨 맥락에서 나왔는지 눈치채지 못했다. 딴생각을 했다고 자백하듯 쳐다봤지만 수오는 힌트를 주지 않고 "항아리 다음에 말이야" 하며 웃었다.

"항아리?"

수오가 웃는 김에 무영은 미안해하지 않고 되물었다.

"차라리 이름을 부를걸."

수오가 딴소리를 했다. 그 때문에 무영은 마지막 말이 무엇인지, 뭐가 항아리 다음이라는 건지, 누구 이름을 불렀어야 한다고 후회하는 건지 물을 기회를 놓쳤다. 끝내 알아내지 못했지만 그 말을 하던 수오의 얼굴은 잊을 수 없게 됐다. 다시 만난 이래로 수오가 그토록 울적해 보인 적은 처음이었다.

"그래서 뭘 검색했다는 겁니까?"

수사관이 재촉하듯 물었다. 무영은 무기력한 심정으로 후디니에 대해 얘기했다. 후디니는 강신술을 부인했는데, 숨지기 전 비밀의 단어를 적어 은행 금고에 넣어두고 죽은 후에 영매들에게 그 단어를 맞히게 했다. 물론 그 말을 전하는 사람은 아무도 없었다. 후디니는 죽고 나서야 강신술이 속임수임을 밝히는 데 성공

했다. 실패한 셈이기도 했다. 평생 탈출과 공간 이동 마술만 해온 사람으로서 죽음의 공간에서 삶의 공간으로 옮겨오지는 못했으니까.

"마지막 말이 뭐랍니까?"

무영이 모르겠다고 하자 수사관은 그 말에 별 의미를 두지 않는다는 듯 노트북을 가리켰다. 화면에는 엘리베이터에서 내린 직후의 수오 얼굴이 확대되어 있었다. 수오는 숨을 내쉬는 것처럼 입을 조그맣게 벌리고 있었다.

"뭐라고 한 것 같아요?"

무영은 자신을 쳐다보는 수사관의 시선을 피하지 않으려고 애썼다. 말하지 않았지만 수사관은 무영을 의심하는 게 분명했다. 무영이 한숨을 쉬고 기억을 떠올리려 눈을 치켜뜨는 것, 침을 삼키거나 손가락으로 마른 입술을 만지작거리는 것을 놓치지 않겠다는 듯 줄곧 쳐다봤다. 무영이 허벅지를 손가락으로 톡톡 두드리거나 팔짱을 낀 채 의자에 등을 기대고 앉으면 검은 수첩을 펼쳐 뭔가 적어 무영을 불안하게 했다.

무엇보다 수사관이 수오 주변 사람에 대해 아는 대로 말해보라고 해서 더욱 곤혹스러워졌다. 말할 수 있는 게 없어서였다. 수오와는 고등학교 때 한 반이었지만 사실상 친구가 아니었다. 학교를 다닐 때도 가깝게 지내지 않았고 졸업 후에는 전혀 만나지 않다가 갑자기 수오 집에서 신세를 지게 된 것이었다. 수오의 연락처를 알려준 세준조차도 정말 수오가 방을 내줬느냐고 물을 정도였다.

그렇기는 해도 두 사람은 내내 친구였다. 어울려 놀아본 적 없고 담을 넘도록 등을 대주거나 몰래 담뱃불을 나눈 적 없고 이십 년 가까이 만나지 않았지만 말이다. 다시 만나서 몇 번 술을 마신 걸 제외하면 같이 식사를 하거나 테니스를 치거나 나란히 앉아 맥주를 마시며 야구 중계를 보는 일 같은 건 없었어도, 친구였다. 가까이 있으면 거리를 두고 간혹은 적개심을 가지고 서로를 살피기도 했지만 그럼에도 친구였다.

수사관의 질문을 받을 때마다 무영은 자신의 통화내역과 문자메시지 내역, 인터넷 접속 기록과 금융거래 내역을 모두 아는 사람과 마주하고 있다는 것을 의식했다. 수사관이 고압적 태도를 보이면 무영은 의심받는 상황에서 자신의 태도가 위장된 행동으로 보일지 모른다는 생각에 두려워졌다. 자연스러워 보이려고 애쓰느라 심문을 받을 때 어느 정도 긴장하는 게 오히려 당연한 상태임을 깨닫지 못했다.

수사관은 몰아붙이듯 질문을 퍼붓고 같은 질문을 연거푸 던졌다. 문장을 조금씩 달리함으로써 무영의 진술에 거짓이나 모순이 나타나길 기다리며 시간을 끌었다. 무영은 이미 말한 내용을 잊지 않으려 노력해야 하는 지경에 처했다. 사소한 말실수가 중대한 단서로 여겨질까봐 겁이 났다. 질문을 받으면 성실히 대답했고 수사관이 비아냥거려도 묵묵히 참았다.

수오의 행방을 모르므로 당분간 이런 일이 계속될 것이었다. 딱히 무영을 의심해서가 아니라 누구라도 의심해야 할 만큼 단서가 없어서였다. 측근을 먼저 의심하는 것이 수사의 관행일 수도 있었다. 수사관은 툭하면 경찰에 신고하지 않은 두 시간 동안 무엇을 했는지 순서대로 말해보라고 했다. 무영이 똑같은 말을 계속하게 만드는 비효율성을 지적하고 따져 물어도 개의치 않았다. 시간이 지나면 더이상 관심을 갖지 않으리라는 생각으로 심문을 버티는 수밖에 없었다.

세준도 참고인으로 불려갔다. 무영에게 수오의 연락처를 알려준 탓이었다. 세준은 회사 건물의 안전점검 문제로 감리 회사를 방문했다가 우연히 수오를 만났다. 두 사람도 학창시절 별로 친하지 않아서 대화를 어색하지 않게 이어줄 화제가 필요했는데, 그때 나온 여러 이름 중 하나가 무영이었다.

그러기 얼마 전에 무영이 세준을 만나 사정을 털어놓았기 때문이었다. 세준은 조금 어렵게 거절했다. 아내가 예금과 카드를 모두 관리하고 있다고 했다. 무엇보다 아내가 임신중이고 냄새와 소리에 예민하고 까다로운 시기이므로 힘든 얘기를 꺼낼 수 없다고 했다. 무영이 아는 것과 달랐지만 이해할 수 있었다. 사람들은 무영을 계속 거절했다. 단숨에 어렵다고 하거나 시간을 끌다가 결국 안 된다고 했다. 그래도 세준은 무영이 그간 무수히 들었던 말, 미쳤냐,

갈 데까지 갔다, 언제 정신 차릴래 같은 말을 전혀 하지 않았다. 싫은 소리를 실컷 퍼붓고 거절한 후에 아예 연락을 끊는 다른 녀석들과 달리 더 자주 무영을 불러냈고 미안해하며 밥을 사줬다.

세준이 수오 얘기를 꺼냈을 때, 무영은 잠자코 있었다.

"기억나지?"

세준이 물었고 무영은 고개를 끄덕였다. 오랜만에 듣는 이름이지만 잊기 힘들었다. 세준이 말하길 수오는 고지식하게 일만 하느라 주변에 사람도 없는 독신처럼 보였다고 했다. 세준이 수오에게는 자신에 대해 뭐라고 말했을지 궁금했으나 묻지 않았다.

당장 전화하지는 않았다. 수오에게 털어놓는 일은 아무래도 용기가 필요했다. 전화를 건 후에도 용건을 꺼낼 수 없어 시시콜콜한 안부만 나누다가 언제 술이나 먹자고 흐지부지 끝내려는데, 수오가 그러지 말고 지금 자신의 집으로 오라고 했다. 거의 이십 년 만에 나눈 통화 끝에 당장 집으로 불러 술을 마시려는 게 의아했지만 그러는 사정이, 예를 들면 얼마 전 평수를 늘려 이사했다거나 새 아파트를 분양받았다거나 하는 이유가 있으리라 생각해서 그러마고 했다. 무영으로서도 수오에게 도움을 청할 기회가 다시 생기는 셈이었다.

수오는 말끔했다. 공과금을 밀리거나 방세를 독촉받는 삶은 전혀 모르는 것 같았다. 집은 자랑할 거리가 있으리라는 생각과 달리 낡고 오래된 아파트였다. 부모님과 함께 지내던 집에서 부모님이 돌아가신 후에도 내내 살고 있는 중이라고 했다.

둘은 딱히 반가워하는 기색도 없이 식탁에 마주앉아 모르는 사람들처럼 민숭민숭 맥주를 마셨다. 무영이 그만 일어서야지 생각할 무렵 수오가 닫힌 방문을 가리키며 말했다.

"저 방이 비어 있어."

무영이 사정을 털어놓지 않아도 수오는 이미 알고 있었다. 무영은 최근에 아는 사람들을 전부 찾아다녔다. 무영의 전화를 받는 사람이 점점 줄었는데, 그건 이미 소문이 퍼져서였다. 수오라고 소식을 듣지 못했을 리 없었다.

호의를 거절할 배짱이 없어서 무영은 수오에게 왜 그렇게 되었는지 여러 차례 곱씹어온 얘기를 늘어놓았다. 발단은 작은 행운이었다. 운이 다한 줄도 모르고 대범하게 굴었다. 일련의 현명하지 못한 투자로 빚이 생겼고 그걸 해결할 방편으로 가능한 대출을 한꺼번에 이용했다. 주식뿐이었다면 적어도 잠을 잤을 테니 아침이면 상황을 제대로 판단했겠지만 문제는 선물先物이었다. 선물거래는 이십사 시간 이루어지므로 밤에도 내내 모니터를 들여다봐야 했다. 당연한 수순으로 회사에서 퇴출되었다. 수오는 그것도 아는 눈치였으나 말을 자르거나 잔소리나 핀잔으로 참견하지 않고 무영의 변명을 묵묵히 들어주었다.

"그릇은 쌓아두지 않고 바로 치울게. 마루 걸레질은 두 번씩 하고, 아침에 쓴 수건은 햇볕에 말렸다가 세탁할게. 안 그러면 수건에서 발냄새가 나잖아."

무영이 일부러 쾌활하게 말하자 수오가 그런 방법이 있느냐고 웃으며 되물었다.

그날 무영은 술을 많이 마셨다. 술이 없으면 아무래도 조심스럽고 내성적인 태도를 취하게 됐다. 무엇보다 취기를 핑계로 눌러앉는 게 덜 미안했다.

다음날 수오가 출근하기를 기다렸다가 방에서 나왔고 천천히 집을 청소했다. 퇴근해 돌아온 수오와 다시 술을 마셨고 이번에도 무영이 취했다. 수오는 집이 말끔히 치워져 있는 것에 대해 이렇다 할 말을 하지 않았다. 다음날 무영은 빨래도 했다. 늦게 돌아온 수오가 맥주 캔이 든 비닐봉투를 내밀며 무영에게 고맙다고 했다. 수오는 피곤해 보였지만 무영과 술을 마셔주었다.

며칠 지나자 더는 일부러 술을 마시지 않아도 되었다. 취기가 필요 없어질 만큼 두 사람이 익숙해져서는 아니고 수오가 바빠져서였다. 수오는 새벽에 나갔다가 밤늦게 돌아왔다. 주말이면 늦잠을 자는지 틀어박혀 있다가 오후에나 영 피곤한 얼굴을 비쳤다. 그럴 때면 무영은 수오가 자신을 언제까지 도울지 가늠해보았다. 다시 만나서 좋을 일이 없는 관계가 있는데, 두 사람이 그랬다. 수오를 보면 떠오르는 일이 있었다. 수오도 마찬가지일 것이었다.

참고인 조사를 마치고 나온 세준이 무영에게 전화를 걸어왔다.

"너한테는 별일 없는 거지?"

처음에 무영은 그게 무슨 의미인지 몰랐다. 세준이 자신을 걱정하는 것이라 여겼다.

"연락이 안 와."

"수오 소식을 왜 너한테 전하겠냐."

그 순간 무영은 깨달았다. 자신은 수오와 아무런 관계가 아니었다. 수오가 평소 마음을 터놓는 친구도 아니었고 오랫동안 알아온 사이도 아니었다. 그저 수오의 아량으로 방을 얻어 쓰는 처지에 지나지 않았다.

"갠 운이 좋아. 너도 알잖아. 별일 없을 거야."

운이 좋다는 말. 무성의했지만 의지할 수 있는 유일한 말이기도 했다. 무영도 여러 차례 그 말을 들었다. 일이 안 풀릴 때마다 자신은 이미 운을 탕진했다고, 한 번에 왕창 써버렸다고 스스로에게 말해주었다. 자신에게도 운이 있었다는 걸 상기하기 위해서였다.

수오와 무영은 학생을 대상으로 하는 행사에서 종종 벌어지는 사고를 함께 겪었다. 시설 관리자의 부주의와 방심, 가연성 소재의 무분별한 사용, 경비 절감을 위한 시공 기간 단축과 불량 자재 사용, 관리감독자의 허술한 승인 등의 결과로 벌어지는 사고 말이다.

극기훈련은 경기도의 한 수련장에서 진행됐다. 레크리에이션 후 정리를 맡을 사람이 학급별로 세 명씩 강당에 남았다. 청소 도중 강당 지붕이 무너졌고 그 여파로 건물 일부가 주저앉았다. 곧 빠져나온 사람이 있었다. 무영이 그랬다. 콘크리트 더미에 깔렸지만 무사히 구조된 학생도 있었다. 수오였다. 수오는 다행히 가벼운 타박상을 입는 정도로만 다쳤고 무영은 옷에 묻은 먼지만 떨면 될 정도로 멀쩡했다. 병원 검사와 심신 안정을 이유로 며칠 쉬고 학교에 가보니 다른 한 친구 책상에 흰 꽃이 놓여 있었다.

그후 수오와 무영은 어떤 의미에서 유일한 친구가 되었다. 둘이 있으면 적어도 살아서 존재한다는 것 자체로 미안해지는 일은 없었다. 서로에게는 하지 않아도 되는 말이 있었다. 죽을까봐 무서웠지만 죽지 않아 더 무섭다는 말 같은 것. 모든 건 지나간다는 말을 들으면 화가 나는 이유나 밤에도 불을 켜고 자는 사정을 털어놓을 필요가 없었다. 함께 살아났다는 것에 감동받은 적 없지만 적어도 안심은 됐다.

어떤 말은 서로에게만 할 수 있었다. 수오는 구조되기 직전까지 무너진 콘크리트 벽을 사이에 둔 친구와 끝말잇기를 했다는 것을 무영에게만 말했다. 그 친구가 무슨 말이든 계속해야 한다고 겁먹은 수오를 달래서 시작됐다. 차례가 여러 번 바뀌었고, 수오가 '더'로 시작하는 낱말을 말할 차례였다.

"더러운 세상."

수오가 대뜸 소리쳤다.

"더럽게 재수없어."

수오가 다시 소리쳤다. 건너편 친구는 아무 말도 하지 않았다.

적당한 명사를 찾으려고 뜸을 들이다 수오는 더듬이, 하고 말했다. 위기를 넘겼다는 생각에 기분이 좋아져서 아직 콘크리트 더미 아래라는 것도 잠시 잊었다. 친구는 잠자코 있었다.

"치사하게 너무 오래 생각하지 마."

수오가 불안한 마음에 재촉했다. 건너편에서는 여전히 아무 말도 들려오지 않았지만 이내 사방이 소란스러워졌다. 수오는 크게 소리질러 제 위치를 알렸다. 구조대가 자신을 못 찾을까봐 겁이 났다. 얼마 지나자 빛이 쏟아져 내렸다. 그후 수오는 절대 소리를 지르지 않고 대답하는 데 시간을 끌지 않는 사람이 됐다.

무영은 멀쩡한 다리에 두 달간 깁스를 했다. 할 필요가 없었지만 엄마에게 부탁했고 엄마가 정형외과 의사를 납득시켰다. 깁스를 푼 후에도 다리를 절고 다녔다. 도시락은 늘 남겼고 체육과 교련 시간에는 교실에 남았고 수업시간에 질문을 받으면 입을 꾹 다물어 선생을 질리게 했다. 아직도 동창을 만나면 다리 저는 시늉을 할 때가 있었다. 하지만 그럴 필요가 없었다. 다른 사람들은 잊어버렸다. 무영이 다리를 절건 말건 신경쓰지 않았고 왜 그렇게 되었는지 생각하지 않았다. 한때 가까이 어울려 다녔던 세준조차 무영에게 언제 다리를 다쳤느냐고 물을 정도였다.

무영과 달리 수오는 잘 지내는 듯 보였다. 그저 폭우 뒤 날이 갰다 여기며 살아가는 듯했다. 수오는 깁스도 하지 않았고 치료를 위해 병원에 다니지도 않았다. 전처럼 좋은 성적을 유지했고 발표를 시키면 더듬지 않았고 심지어 먼저 손을 들어 답을 말할 때도 있었다. 쉬는 시간 종이 울리면 후다닥 뛰어 매점에 갔고 학교 대표로 나간 지역 경진대회에서 수상도 했다. 한마디로 이전과 다름없이 지냈다.

무영은 키가 계속 크고 끼니때면 허기를 느끼는 스스로를 징그럽다고 여겼지만, 수오는 그렇게까지 생각할 필요가 없다는 영악한 충고를 해서 무영을 서운하게 했다. 오래가지 않아 무영도 괜찮아졌다. 아픈 척을 하지 않았고 친구들과 무리 없이 어울렸으며 공부가 지겨우면 죽고 싶다고 의미 없이 중얼거린 후 조금 놀라기도 했다.

본격적인 심문은 수오의 계좌에서 무영에게로 입금된 내역이 확인되면서 시작되었다. 혐의를 둘 만큼 의심쩍은 액수였다. 채무이행과 관련해 무영이 그간 수오에게 독촉받아왔다는 증거를 찾는다면 혐의의 가능성은 더 높아질 것이다. 그게 아니더라도 금전적인 문제는 언제든 범행동기가 될 수 있었다. 실제로 경찰은 무영이 해명해야 할 정황을 찾아냈다. 은행 CCTV에 무영이 수오의 카드로 자동 입출금기에서 현금을 인출하는 장면이 찍혔다. 수오의 부탁으로 한 일이라고 말했지만 수사관은 믿지 않았다. 혐의를 입증할 만한 자금 흐름을 확인하지 못한 채 수사관은 무영에 대해 무언가 아는 게 있다고 암시하듯 말하기 시작했다.

수사관은 수오가 사라졌으리라 추정되는 시각에 무영이 피시방에 있었던 것을 알고 있었다. 그러나 용의자의 알리바이가 명백할

수록 사건은 더 끔찍하고 잔인하게 발생한다는 것도 잊지 않았다.

무고를 입증하려면 수사관이 원하는 시간에 경찰서로 갈 수밖에 없었다. 수사관은 수시로 전화를 걸었다. 전화를 받을 때마다 무영은 수오에 관한 나쁜 소식을 듣게 될까봐 마음 졸여야 했지만 수사관은 아랑곳없이 취조 투의 질문을 던졌다. 무영이 전화를 받지 않으면 무슨 일을 하느라 그랬는지 추궁했다. 무영은 참았다. 자신을 계속해서 소환하는 것은 뚜렷한 증거나 용의자를 찾지 못해서임이 틀림없었다. 좋은 소식은 없지만 그건 수오에 대한 나쁜 소식이 없다는 뜻이기도 했다. 적어도 수오는 살아 있는 것이다.

시간이 걸리고 혼선을 겪는 수사가 대개 그렇듯 사건은 우연한 방식으로 해결되었다. 수오를 데려간 두 남자의 신원이 확인됐다. 수오의 일을 수사하다가 밝혀진 게 아니었다. 심부름센터의 탈법 행위가 드러나 대대적인 수사가 진행되면서 의뢰인 탐문이 이어졌는데, 거기서 뜻밖에 수오 계좌에서 입금된 내역이 나왔다.

경찰은 심부름센터 직원의 진술에 따라 아파트를 빠져나간 세 사람의 동선을 확보했다. 마스크로 얼굴을 가린 두 명의 남자와 다른 한 사람—그가 수오였다—은 납치를 도모한 피의자와 피해자 관계로는 보이지 않았다. 사건 당일, 사건의 시작인지 끝인지 아니면 두 가지 모두인지 의미를 파악하기 힘든 그날, 두 사람이 수오와 나란히 걸어가다가 사거리에서 가볍게 인사하고 헤어지는 장면을 CCTV에서 찾아냈다. 동선은 두 사람의 진술과 일치했다.

그들은 수오의 요구에 따랐다고 했다. 의뢰 내용은 간단했다. 검은 양복 차림으로 아파트 현관에서부터 인근 지역까지 동행해 달라는 것이었다. 그들은 지시대로 CCTV가 없는 비상계단을 통해 들어와 현관문 앞에서 대기중이던 수오를 데리고 엘리베이터를 탔다. 담배꽁초나 족적 등 현장 조작에 대해서는 아는 바 없었다. 심지어 그들은 집안으로 들어가지도 않았다.

의뢰 내용을 들은 심부름센터 사장은 수오가 혼자 움직이지 못할 정도의 신체 부상을 입은 사람이리라 생각했다. 보통의 의뢰와 달랐지만 별의별 요구가 다 있는 터라 돈만 받는다면 거절할 이유가 없었다.

수사관은 사장과 납치에 동원된 두 사람의 진술에서 모순을 찾아내려고 여러 차례 심문했지만 거짓말의 증거를 찾지 못했다. 증언과 정황이 그럭저럭 일치했다. 의뢰 비용 역시 수오의 계좌에서 정상적인 방식으로 이체되었다.

수오의 현금 인출 내역과 신용카드 및 의료보험 사용 내역 등 생활 반응이 전혀 나오지 않는 상황에서 두 사람만 잡으면 사건을 해결할 수 있으리라 기대한 수사관은 다시 한번 실망을 맛봤다. 이제는 수오의 실종 전 행적을 집중적으로 조사했다. 수오가 다른 사건과 연관되어 고의로 잠적한 것은 아닌지 확인하기 위해서였다. 아직 밝혀지지 않은 일의 용의자일 가능성은 있지만 지금으로서는 어떤 혐의도 없었다.

자발적 실종이라면 이유가 있을 것이다. 오랫동안 업무와 관련해 협박을 받거나 누군가로부터 끊임없이 신체적 위협을 받을 때 회피용으로 그런 짓을 벌이는 사람이 종종 있다. 일시적으로 문제를 벗어나고 싶거나 갈등을 해결하기 마땅치 않을 때 요란한 소동으로 그 상황을 돌파하려는 사람도 있는 법이다. 무영이 생각하기에 그건 수오에게 벌어진 일과 상관없는 가정이었지만, 경찰은 사건이 접수된 지 칠십사 일 만에 수오의 납치 사건을 종결했다.

자작극이라는 결론이 내려진 후 무영은 집으로 걸려오는 수오 회사 동료들의 전화를 여러 차례 받았다. 그들은 정중하게 말을 시작했으나 이내 직설적으로 수오가 있는 곳을 캐물었다. 수오가 동료들을 괴롭힐 작정으로 비열한 방법을 선택해서 자신들에게 경찰에 불려다니는 수모를 주고 회사를 궁지에 몰았다고 비난했다. 전화를 끊을 무렵에는 무영을 한패라고 몰아붙이며 격앙된 감정을 숨기지 않았다.

세준은 한참 만에 전화를 걸어와 무영에게 아직 수오의 집에서 지내느냐고 물었다. 그렇다고 하자 피식 웃었다. 잘못 들은 건가 싶었지만 다음 질문을 들으니 웃은 게 맞았다. 세준은 그럼 그 집은 어떻게 되는 거냐고 물었다. 무영으로서는 생각해본 적 없는 질문이었다.

"수오가 죽었다면 유산 문제를 해결해야 하니까 상속의 권리가 있는 친척들이 나타날 거야. 하지만 수오는 실종 상태잖아. 아니,

잠적인 건가. 아무튼 그런 형편이니까 그 집은 누구도 건드리지 못하고 그대로 있게 되지."

"당연하잖아. 여긴 수오 집인데."

무영이 짧게 대꾸하자 세준이 모른 척 말라는 듯 말했다.

"수오가 실종 상태여야만 네가 거기 있을 수 있다는 거야. 돈도 안 갚아도 되고 말이야. 그게 무슨 뜻인지 모르겠어?"

당연히 무영은 무슨 뜻인지 알았고 대꾸 없이 전화를 끊어버렸다. 세준은 끝내지 않았다. 곧바로 다시 전화를 걸어서는 하고 싶은 말을 다 했다.

"네가 이제 친구들을 찾아다니지 않는 게 뭣 때문인지 알 사람은 다 알아. 애당초 이럴 작정으로 수오 집에 눌러앉았다는 것도. 그렇게 살지 마라."

무영은 이번에는 끊지 않고 다 들었다. 세준에게도 수오가 사라진 이유를 납득할 시간이 필요하리라 생각해서였다.

낮에는 아파트 현관부터 시작해 수오와 두 남자가 인사를 하고 헤어진 사거리까지 여러 차례 왕복하고 사거리에서 뻗어나간 네 방향의 길을 걷다가 돌아왔다. 밤이면 텔레비전을 틀어놓고 소파에 멍하니 누워 있었다. 프로그램에는 집중할 수 없어서 수오가 있을 때와 조금도 달라지지 않은 살림을 찬찬히 살폈다. 기울어진 채 매달린 전등, 탄성이 죽은 오리털 쿠션, 바닥이 눌린 슬리퍼 같은 것들은 모두 주인을 잃었다.

잘못된 생각이었다. 수오는 돌아올 것이다. 잠시 숨어버리고 싶었을 것이다. 그저 지금의 삶을 얼마간 떠나고 싶었을 것이다. 하필 이런 식으로 떠난 이유를 짐작하기 어렵지만 그렇게 생각해야만 견딜 수 있었다. 간혹은 모든 책임을 그 사건으로 돌리고 싶어졌다. 어리석은 결정, 잘못한 일, 망쳐버린 관계와 실패한 자금 운용 따위를 모두 탓할 수도 있었다. 한때 무영은 그렇게 했다. 자신이 여전히 어두운 강당을 배회하고 있다고 생각했다. 언제든 그날로 돌아갔지만 이제는 그러고 싶지 않았다.

어느 날인가 거실에 놓인 집전화가 오랜만에 울렸다. 늦은 시간에 울리는 경우는 드물어서 벨 소리가 의미 있게 들렸다. 무영은 허둥대며 전화를 받았다. 수화기 너머 상대는 아무 말도 하지 않았다. 시끄러운 차 소리나 음악소리, 누군가 떠드는 소리도 들리지 않았다. 천천히 고요한 밤이 지나가고 있었다. 이런 순간을 겪은 적 있었다. 붕괴가 끝난 후 잠시 어둠을 마주했던 먹먹한 시간.

"수오니?"

무영이 물었다. 상대는 답이 없었지만 어쩌다 낮은 숨소리를 들려주었다. 그 소리를 차분히 되새기다가 문득 수오가 말했던 마지막 말이 무엇일지 떠올렸다. 처음에는 수오가 말해주었는데 자신이 듣지 못한 줄 알았고 그 생각을 믿었다. 이제야 수오가 애당초 그 말을 하지 않았다는 데에 생각이 미쳤다. 어떤 말은 내내 품고 있지만 결코 소리 내어 말할 수 없게 된다는 것도.

무영 역시 그 낱말을 삼켰다. 대신 천천히 수오의 이름을 불렀다. 무슨 말인가 해주기를 기다렸지만 전화는 진작 끊겨 있었다. 눈물은 흐르지 않았다. 남의 집에서 울 권리는 없었다.

플리즈 콜 미

전화는 미조 혼자 있을 때 걸려왔다. 당연히 받지 않았다. 딸이나 사위에게 걸려온 전화일 테고, 받는다 해도 미조가 알아들을 수 없을 테니까. 자동응답기가 돌아가고 부재중임을 알리는 딸 내외의 장난스러운 음성 안내가 이어졌다. 대부분은 메시지를 남겨달라는 신호음이 들리기 전에 전화를 끊었지만 그 사람은 그렇게 하지 않았다. 조용해서 전화가 끊긴 건가 싶었는데 잠시 후 어색한 영어 발음으로 또박또박 힘주어서 "플리즈 콜 미" 하고 말하는 소리가 들렸다. 미조는 그 전화를 대수롭지 않게 여겼다. 오랜만에 알아들을 수 있는 말이 들려 잠시 반가웠던 게 다였다.

다음날 똑같은 메시지를 남기는 전화가 걸려온 후에야 미조는 그 전화에 특별한 의미가 있을지 모른다고 생각했다. 전화를 걸어

달라면서 번호를 남겨놓지 않아서였다. 미조는 놓친 내용이 있나 싶어 메시지를 다시 들어보고자 했다. 자동응답기를 재생하려고 버튼을 이것저것 누르다 실수를 저질러 녹음된 메시지를 전부 삭제해버렸다.

밤늦게 딸이 돌아왔을 때 미조는 다급하게 그 사실을 털어놓았다. 딸은 "그래요?" 하고 대꾸하고는 그만이었다. 시내면세점에서 관광객을 상대로 일하는 딸은 하루종일 서 있었다. 집에 돌아오면 그저 눕고 싶다며 한숨을 내쉰 적도 있었다. 딸은 미조가 차려주는 저녁을 먹고 조금 기운을 차리고 나서야 관광차 이곳에 오는 한국 사람들이 자신을 얼마나 함부로 대하는지 얘기하곤 했다. 그들이 허튼돈을 쓰는 걸 비웃었고 심지어 아르바이트생인 자신을 점원으로 대한다며 화를 냈다.

딸은 유학중에 만난 남자와 석사과정을 마치기 전에 결혼하면서 주저없이 논문과 진학을 포기했다. 전적으로 돈 때문이었다. 미조 역시 학비를 대줄 형편이 아니어서 딸에게 더 나은 선택을 권하지 못했다. 미조는 공부만 하던 딸이 물건을 팔기 위해 손님들의 이런저런 요구를 들어준다고 생각하면 눈물이 날 것 같았다. 딸이 종종 한국으로 보내주는 화장품은 결코 쓰지 않을 작정이었지만 친구들을 만나면 선심 쓰며 화장품을 나눠주었다. 친구들은 딸이 계속 공부하는 줄 알았다. 미조가 거짓말을 한 것은 아니었다. 그녀는 그저 하기 싫은 말을 하지 않았다.

미조는 욕실로 들어서는 딸을 뒤따랐다. 딸이 마지못해 문을 열어두고 화장을 지우는 틈을 타서 전화를 걸어온 남자의 목소리에 대해 얘기했다. 어디선가 들어본 적 있는 음성, 이 나라 사람이 아닌 게 분명한 영어 발음, 재촉하는 말투에 대해서.

딸이 화장솜으로 얼굴을 문지르다 말고 미조를 쳐다보았다. 화장이 지워진 딸의 얼굴은 몹시 지쳐 보였다. 요새 다시 담배를 피우는 걸까. 팔자주름이 깊게 도드라져 있었다.

장난전화야. 뻔하잖아요.

그럴 리 없다고 말하려는데 딸이 비키라는 손짓을 하고는 문을 닫았다. 잠시 후 샤워기에서 물이 쏟아져나오는 소리가 들렸다. 미조는 딸이 벗어놓은 흠집 난 구두를 가지런히 모아 현관 앞에 놓아두고 깃에 때가 묻은 셔츠를 세탁 바구니에 넣었다.

샤워를 하고 나온 딸이 미안했는지 메시지를 들어보겠다고 했다. 미조가 실수로 지워버렸다고 하자 딸이 미조를 빤히 쳐다보았다. 미조는 당황해서 버튼을 잘못 눌렀다고 변명했다.

광고 전환가봐요. 물건을 파는 전화가 자주 와요. 자선단체 같은 데서도 무작위로 전화를 걸어오고요. 통화가 되면 어떻게 해서든 돈을 뜯어간대요.

딸이 웃으며 미조의 어깨를 감쌌다. 퉁명스럽게 군 게 미안해서 그러는 것 같았다.

그런 목소리가 아니었어. 목소리가 얼마나 침착했는데.

미조가 딸을 조금 밀어내며 말했다.

그래야 사람을 홀리죠. 도움이 필요 없는 척해야 도움을 받을 수 있는 법이에요. 믿음직스러워 보여야 물건도 산다고요.

네가 그 목소리를 들었다면 누군지 알았을 거야.

엄마, 신경쓰지 마세요. 우리를 아는 사람이라면 휴대전화로 다시 걸었겠죠. 요새 누가 집전화를 쓴다고요. 잊어버려요.

딸의 말이 맞았다. 미조는 그 목소리를 잊어버려야 했다.

하지만 전화는 다음날에도 걸려왔다. 미조는 하필 청소기를 돌리고 있었다. 모터가 시끄럽게 돌아가는 가운데 남자 목소리가 들려 미조가 받으러 갔지만 그새 전화가 끊겼다. 어쩌면 전화가 걸려오지 않았을지도 모른다. 청소기 모터 소리는 워낙 커서 초인종 소리나 전화벨 소리를 삼켰고 그 때문에 종종 소리를 잘못 듣기도 했다.

자동응답기에는 아무것도 녹음되어 있지 않았다. 미조는 크나큰 실망감을 느꼈다. 애당초 전화가 오지 않아서인지, 울리지도 않은 전화가 왔다고 착각해서인지 알 수 없었다. 미조는 이런 혼돈을 느낄 때면 언제나 그러했듯 부엌으로 갔다. 싱크대 아래쪽에 놓인 커다란 프라이팬 뒤에 그것이 있었다. 미조는 바닥이 불에 그을려 추접하고 손잡이에 기름때가 묻어 끈적거리는 프라이팬을 치우고 술병을 꺼냈다.

처음 프라이팬 뒤에서 술병을 발견했을 때 미조는 낮게 탄식했다. 자신이 집에 술을 두는 방식과 똑같아서였다. 미조는 절망감을 느낀 나머지 딸이 돌아오자마자 따지듯 술병을 내밀었다. 딸은 술을 거기에 둔 건 맞지만 마시지는 않는다고 했다.

가끔 요리할 때나 써요.

딸이 어깨를 으쓱했다. 거짓말은 아닌 것 같았다. 요리할 때 필요하다면 술이 싱크대에 있는 게 당연했다.

술은 근처 슈퍼마켓에서 쉽게 살 수 있는 싸구려 브랜디였다. 미조가 좋아하는 종류는 아니었지만 상관없었다. 마시다보면 결국 똑같아졌다. 미조는 매번 다른 슈퍼마켓으로 가서 술을 딱 한 병만 사왔다. 술에 관한 한 짜게 굴어야 했다. 많이 사다두면 다 마셔버릴 테니까.

그렇기는 해도 언제라도 술 마시는 일을 그만둘 수 있었다. 딸이 요리를 하려다 술이 줄어든 것을 알아채기 전에, 사위가 술냄새를 맡기 전에 그렇게 할 작정이었다. 미조가 이곳에 온 후로 딸은 뭔가 말하려다 입을 다물 때가 많았는데, 그러면 미조는 한동안 긴장했다. 드디어 술 얘기를 꺼내는구나 싶어서였다. 미조는 변명거리를 마련해뒀고 바로 술을 끊겠다고 약속할 생각이었다.

술은 미조가 온종일 잠을 자든 소리 죽여 울든 내버려두었다. 오히려 잠을 자도록 도왔고 마음껏 울도록 도와주었다. 미조에게 그렇게 해주는 건 술이 유일했다. 무엇보다 술을 마시면 느긋하고 애틋하게 지난 일을 떠올릴 수 있었다. 그 순간이 짧다는 게 문제였지만. 조금 더 마시면 금세 낙담에 빠져들었다. 취하면 사정은 더 나빠졌다. 스스로에 대한 환멸이 찾아왔고 알고도 간과한 일들이 끊임없이 떠올랐다.

그런데도 미조는 술을 마셨다. 그렇게 하지 않으면 자신의 진짜 문제를 모두가 알게 되리라고 생각해서였다. 친구들은 미조를 보면 술 외의 다른 화제를 떠올리지 못했다. 모두 술에 대해서만 이야기했다. 미조가 어떻게 하면 술을 끊을 수 있을지 신경썼다. 그만 마시라고 하거나 술 대신 몰두할 만한 것을 권했다. 기분전환 삼아 여행 겸 딸네 집에 갔다 오라는 얘기도 자주 했다. 근사한 풍광에 취해 술은 생각도 나지 않을 거라면서. 미조는 그게 좋았다. 사람들이 술 말고 자신에 대해 아는 게 하나도 없다는 사실이. 오직 미조만이 자신의 문제가 술 때문이 아님을 알았다.

어렴풋이 문 열리는 소리가 들리는가 싶었는데 어느새 사위가 미조 앞에 우뚝 서 있었다. 술을 마시다보면 어떤 시간이 완벽히 사라져버릴 때가 있었다. 사위가 현관에서 부엌에 있는 미조 앞까지 걸어오는 시간 같은 것 말이다. 그런 시간이 점점 늘었다.

사위는 곱슬거리는 머리가 장난스러워 보이는데도 우뚝 서서 자신을 내려다보고 있어서인지 강압적으로 느껴졌다. 그제야 미조는 식탁에 놓인 술병을 의식하고 재빨리 자리에서 일어섰다. 술병을 감추기 위해서였지만 이미 늦었다. 사위는 놀라는 기색 없이 미조에게 앉아서 쉬라는 제스처를 취한 후 식탁을 치우기 시작했다. 술병을 쓰레기통에 버리고 빈 잔과 그릇을 싱크대에 가져다 놓았다. 미조가 마신 걸 알았을 텐데 그에 대해 어떤 말도 하지 않았다. 미조와 눈이 마주치자 다정하게 웃어주기까지 했다. 사위는 선했고 동정심과 유머 감각이 있었다. 유일한 단점은 미조와 말이 통하지 않는다는 것이었다.

사위는 고등학교에서 시간제교사로 문학을 가르쳤다. 날마다 수업이 있지 않았고 정규직처럼 일정 시간에 출근하는 것은 아니었다. 그런데도 미조가 여기에 머문 이 주일 동안 매일 아침 일찍 나가 밤이 되어서야 돌아왔다. 딸에 의하면 사위는 잡지에 기고할 원고도 쓰는데, 그게 정말 사위가 하고 싶어하는 일이라고 했다. 학교 일로 스트레스가 심하다는 뜻이리라. 두 가지 종류의 일을 해도 얼마 벌지 못한다는 뜻이기도 했다. 미조가 사위를 애틋하게 여기는 건 그 때문이었다.

사위는 그가 아는 몇 안 되는 한국어로 미조에게 인사하고 두 손을 모아 머리에 대며 자겠다는 뜻을 전했다. 미조가 이곳에 온 직후 사위는 또박또박한 영어 발음으로 천천히 이야기했고 딸은 그럴 필요가 없는 말까지 일일이 통역해주었다. 잠을 잘 잤느냐거나 덥지 않으냐는 말이었다. 미조에게 낮에 가보면 좋을 곳을 일러주기도 했는데, 오래전에 딸과 남편과 여행하면서 다녀온 곳이 대부분이었다. 그러고 나면 딸이 시켜서 외웠을 말, 어머니 사랑해요, 미안해요, 감사합니다를 맥락 없이 내뱉었다. 그런 말을 해야 대화가 마무리된다는 듯이. 미조가 머무는 시간이 길어지자 그 말도 더는 하지 않게 되었다.

사위가 자겠다고 했을 때 미조는 자제력을 발휘해야 했다. 남자에게서 다시 전화가 걸려올 순간을 포착하려다 지친 나머지 무엇인가 말하고 싶은 충동이 일었대도 참아야 했다. 대뜸 방문을 두드리지는 않았다. 미조는 사위가 치운 술병을 꺼내 남아 있는 한 모금을 마저 입에 털어 넣었다. 그러자 목을 넘어가는 미약한 따스함에 취해 인생이 털실 꾸러미처럼 술술 풀렸던 시절이 떠올랐다. 그림을 그리던 딸이 유학을 위해 한국을 떠나기 전, 남편이 사업을 벌이기 전, 미조가 술을 입에도 대지 않던 시절 말이다. 생각에 잠길수록 그 시절은 가까워지는 게 아니라 점점 멀어졌다.

먼 시절 대신 가까이 있는 건 사위뿐이었다. 미조는 참지 못하고 사위의 방문을 두드렸다. 사위가 문을 조금 열어 무슨 일이냐는 듯 고개를 내밀었다. 안에 들일 마음이 없다는 듯이. 미조는 다정하고 순진해 보이기를 바라며 웃었다. 무엇보다 술에 취한 것처럼 보이지 않기를, 정상처럼 보이기를 바랐다.

미조는 서툰 영어로 오늘 수업은 잘했는지, 아이들을 가르치는 일이 힘들지는 않았는지 물었다. 얘기가 길어지리라 생각했는지 사위가 부엌으로 나왔다. 그러고는 간단한 단어를 또박또박 발음해 짧게 대답했다. 말이 끊기자 학생에게 들은 농담을 얘기해주었고 웃느라 말의 속도가 잠시 빨라졌다. 미조는 알아듣지 못했지만 사위의 시원한 웃음에 취해 함께 웃었다.

그러나 미조가 자동응답기를 가리키며 "플리즈 콜 미" 하고 반복해서 말하자 사위는 예의바른 표정으로 그녀의 관심을 돌리려고 했다. 미조는 포기하지 않았다. 그 전화에 특별한 의미가 있으며 반드시 그 남자와 통화해야 한다고 주장했다. 경찰이나 전화국을 통해 발신번호를 알아봐달라고 부탁했다. 사위는 미조에게 잘 보라고 하더니 자동응답기의 재생 버튼을 눌렀다. 녹음된 메시지가 없다는 뜻 같았다. 미조 역시 그 사실을 알았지만 언제든 목소리를 재생할 수 있었다. 그것은 남편의 목소리였다.

어머니, 미안해요?

사위가 어깨를 으쓱하고는 곱슬머리를 쓸어넘기며 웃었다. 미조의 장난이나 착각으로 무마하려는 투였다. 미조는 자신을 무시하지 말라고 비난하고 싶었으나 가까스로 참았다. 사위는 그저 미조를 안심시키려는 것이었다. 당연히 그럴 터였다. 사위는 평범한 사람이었다. 대개의 사람들처럼 의심과 불안 대신 선의와 호의를 택했다. 하지만 그것은 미조가 이 집에서 술 마시는 걸 원치 않는다는 의미가 아닐까. 미조가 술 마시는 모습을 보았을 텐데 아무 말도 하지 않은 건 그 때문이 아닐까. 그건 미조를 이 좁은 집으로 불러들인 걸 후회한다는 뜻일까.

사위는 어린애에게 하듯 미조의 손을 꼭 잡아주고 다시 방으로 들어갔다. 미조는 멀거니 사위의 뒷모습을 바라봤다. 더이상 그를 잡아서는 안 된다는 것 외에 다른 생각은 들지 않았다.

밤늦게 돌아온 딸이 사위에게 무슨 말을 들었는지 미조의 방으로 왔다. 딸이 미조의 어깨에 다정하게 손을 얹으며 말했다.

아빠라면 영어로 말할 이유가 없잖아요. 게다가 아빠 말투가 얼마나 다정한지 엄마도 잘 알잖아요.

미조는 낯선 사람을 보듯 딸을 쳐다봤다. 딸은 오래전의 남편에 대해서만 알았다. 뜻대로 안 되는 일들을 겪으면서 달라진 남편의 모습을 보지 못했다.

네 아빠였어.

아빠라면 어떻게든 다시 연락할 테니 안심해요.

딸은 무슨 이야기인가 더 하려다 말고 미조에게 미안하다고 했다. 멀리까지 왔는데 좋은 데도 못 데려가고 맛있는 식사도 사주지 못했다면서. 곧 시간이 날 테니 그때 함께 외출하자고 미조를 달랬다. 딸은 요즘 들어 그런 말투를 썼다. 달래고 어르는 말투. 대화를 하려는 게 아니라 설득하고 안심시키려는 말투.

미조는 웃었다. 누군가 가까이 있기만 해도 충분할 때가 있다는 걸, 미조에게 딸이 그런 존재라는 걸 딸은 모르는 것 같았다. 딸은 미조의 손을 다정히 잡고 좀더 얘기했다. 아마도 미조를 걱정하는 얘기, 지나친 자책이 미조를 좀먹고 있다는 얘기가 아니었을까. 미조는 딸이 유학 온 첫해에 남편과 함께 이곳에 왔던 때를 떠올리느라 딸의 얘기를 거의 듣지 못했다. 그때는 모든 게 지금과 달랐다.

남편은 건강했고 건실한 직장에 다녔으며 넉넉하지는 않아도 딸을 지원할 수 있었고 딸은 미래에 대한 기대로 즐거워 보였다.

딸이 눈을 마주보며 "엄마, 알겠어요?"라고 확인하듯 물었다. 미조는 고개를 끄덕였다. 무슨 얘기인지 듣지 못했지만 딸이 해온 말 중에는 납득할 만한 말이 많았으니까. 미조는 이왕 딸과 얘기를 나눈 김에 밤을 꼬박 지새우고 얼마쯤 술을 마셔야 겨우 잠이 든다는 사실을 털어놓고 싶었다. 하지만 딸이 이미 안다는 생각이 들었다. 미조에게서 냄새가 날 테고 무엇보다 미조가 술 마시는 모습을 사위가 보기도 했으니까. 달래고 어르는 딸의 말투는 그 때문인지도 몰랐다. 흔들리는 미조의 몸을 잡아주려고 어깨에 손을 얹은 것일 수도 있었다. 미조는 입을 다물었다. 말을 꺼낸다 한들 걱정을 나누는 것 외에 얻을 수 있는 게 없었다.

방으로 돌아간 딸이 사위와 다투는 소리가 들렸다. 소리는 크지 않았지만 두 사람이 꽤나 신경질적으로 대응하고 있음을 알 수 있었다. 일시적인 대립이 아니라 오래 지속되어온 듯했다. 미조가 두 사람을 방해하고 있었다. 혼자 있지 말고 여기 와서 쉬라는 딸의 말을, 그저 해본 말에 불과한데 미조가 덜컥 믿어버린 것이다. 하루도 쉴 수 없는 처지의 두 사람이 좁은 집에 틀어박혀 밤낮으로 술이나 마시는 군식구를 받아들여야 한다면 누군들 참을 수 있겠는가. 그렇다면 이제 미조는 집으로 돌아가야 했다. 아무도 없고 아무것도 남지 않은 텅 빈 집으로.

다음날 미조는 조금 먼 곳에 있는 슈퍼마켓으로 갔다. 미조가 외출한 건 이곳에 도착한 날 저녁을 먹으러 시내에 갔을 때와 술을 사러 슈퍼마켓에 갈 때뿐이었다. 다양한 인종의 이웃들이 더위를 피해 복도나 길가에 나와 있었는데, 그녀가 지나갈 때면 매번 차이니스냐고 물었고 호의적이지 않은 말로 그녀를 희롱했다. 브랜디를 사서 아파트로 들어서자 일층에 있는 중국인 관리인이 문 앞까지 따라오며 화난 투로 말을 걸었다. 딱딱하고 명확한 발음으로 무어라 쏘아붙이고 미조가 대꾸를 하지 않자 윽박지르듯 크게 알겠느냐고 물었다. 미조는 마지못해 고개를 끄덕였다.

겁에 질려 집안으로 들어온 미조는 자신이 외국의 낯선 아파트에 틀어박혀 있다는 생각에 울적해졌다. 주위에 떠도는 소란한 소리와 자신을 쳐다보던 눈빛을 잊으려면 술을 마시는 수밖에 없었다. 하지만 너무 마시지 않도록 주의했다. 술에 취해서 전화를 놓쳐서는 안 되니까. 딱 한 잔만 마시기로 했다.

남자가 메시지를 남기려 들면 바로 전화를 받을 작정이었다. 전화는 오지 않았지만 어딘가에서 계속 전화벨 소리가 들렸다. 한길에 면해 있고 한 층에 열두 가구가 사는 아파트에서는 끊임없이 소리가 들렸다. 아기가 울고 개가 짖고 누군가 고함을 치고 문을 여닫고 신발을 끌며 지나가는 소리였다.

드디어 전화가 울렸다. 미조는 모험을 감행했다. 전화를 받아 "여보세요" 하고 말했다. 상대가 외국어로 짧게 대꾸했다. 미조는 느린 영어로 “잘못 걸었습니다” 하고 말하고 이어지는 뜻 모를 외국어를 잠자코 듣다가 수화기를 내려놓았다. 시간을 두고 그런 전화를 한 통 더 받았다. 기대가 사라질 즈음 다시 전화가 걸려왔다. 미조는 이번에도 “여보세요” 하고 전화를 받았다. 상대는 아무 말도 하지 않았다. 짧은 침묵이 미조에게 기대감을 갖게 했다. 미조는 좀더 용기를 내서 물었다.

어디예요?

상대가 알아들을 수 없는 말로 소리 높여 뭐라고 대꾸했다. 미조는 깜짝 놀라 황급히 전화를 끊고 두려움을 감추기 위해 잔에 남은 술을 모두 마셨다.

딸에게 하지 않은 얘기가 있었다. 그런 얘기가 많았지만 집과 관련해서였다. 한국에 돌아가면 미조는 집을 내주어야 했다. 퇴직 후 남편이 벌인 일 중 뜻대로 된 것이 하나도 없었다. 결국 돈이 바닥났지만 건강이 더 문제가 됐다. 그 둘은 선후를 따지기 어렵게 밀어닥쳤다. 그런데도 미조는 종종 남편이 금전 문제를 해결하기 어려워지자 정신을 놓아버렸다는 생각이 들 때가 있었다. 그러다가 아예 사라지기로 마음먹었다고.

남편은 연락도 없이 들어오지 않아 애를 태우더니 다음날 오후가 다 되어서야 전화를 걸어왔다. 미조가 다급하게 전화를 받자 남편은 전화비를 구하려고 길 가는 사람에게 동전을 구걸했다며 울음을 터뜨렸다. 깨어나보니 아무것도 없다면서. 미조가 어디냐고 묻자 양양인 것 같다고 했다.

양양이요?

미조가 되묻자 남편이 당황한 듯 잠자코 있었다. 남편은 누군가에게 나쁜 일을 당한 것 같았다. 그 사람은 남편의 지갑과 휴대전화를 가져가는 과정에서 폭력을 가했을 것이다. 그 때문에 남편이 의식을 차리고 무슨 일이 일어났는지 판단하기까지 더 많은 시간이 걸렸을 것이다.

택시를 타요. 얼마가 됐든 꼭 집까지 타고 와요. 중간에 절대 내리지 말고요.

알겠어요.

남편이 순하게 대답했다.

어서요.

미조가 재촉했다.

이게 뭐야.

남편이 허탈해하며 웃었다.

뭐긴 뭐예요. 다 경험이죠.

미조는 남편과 평소 나누던 말로 대꾸했다. 남편은 황당하거나 불쾌한 일을 겪으면 화를 내는 대신 좋은 경험이었다고 말하곤 했다. 한 번으로 충분하다는 뜻이었다. 남편이나 미조나 어떤 일은 겪지 않는 게 가장 좋은 경험이라는 걸 미처 몰랐다.

여보.

남편이 다정하게 미조를 불렀다.

어서 와요.

미조가 남편을 자극하지 않으려 애쓰며 말했다.

그래, 알았어요. 잘 있어요.

남편이 그렇게 말하고 전화를 끊었다.

미조는 전날 밤 남편을 기다리며 내내 소파에 모로 누워 있었기 때문에 남편과 통화한 후에야 비로소 두 시간쯤 달게 잤다. 자고 일어나서는 서둘러 저녁을 준비했다. 국물용 멸치를 우려놓고 소면을 삶고 지단을 부쳐 고명을 준비했다. 삶은 소면을 채반에 받쳐두고 얼음을 올려놓았을 때는 얼추 남편이 돌아올 시간이 되었고, 국수를 너무 많이 삶았나 살짝 후회했다. 그나저나 잘 있으라니. 미조는 잘못 들었겠거니 생각했다. 잘 갈게요, 라고 한 것을 잘못 들었으리라고.

미조는 경찰에게 남편의 말이 그렇게 들렸다는 얘기를 하지 않았다. 말하면 경찰은 가출로 여겨 어떤 조치도 취하지 않을 테니까. 경찰은 남편이 치매 진단을 받았다는 말을 듣자 실종 원인을 납득했다는 듯 말했다.

집을 바로 앞에 두고 길을 잃는 노인이 수두룩해요.

치매 진단을 받기는 했어도 남편의 지적 수준이 높다는 미조의 의견은 무시되었다.

경찰은 실종자를 찾기 위한 몇 가지 조치를 효율적으로 처리했다. 전단지와 현수막 제작을 위해 남편의 외출시 복장과 신체 특징을 미조에게 물었다. 미조가 남편이 외출하는 모습을 못 보았다고 했더니 CCTV로 확인하면 된다며 안심시켰다. 미조는 경찰과 함께 CCTV 화면을 통해 남편이 아파트를 벗어나는 모습을 보았다. 검정색 점퍼에 베이지색 면바지 차림의 남편은 뒷짐을 지고 급할 것 없는 걸음으로 천천히 걷고 있었다. 사십 년 가까이 직장생활을 한 탓에 외출할 때면 대개 구두를 신었는데, 가까운 곳에 가려던 모양인지 운동화를 신고 있었다. 경찰이 미조에게 화면의 한 지점을 확대해 보여주었다. 미조는 한참 보고 나서야 남편이 서로 다른 운동화를 한 짝씩 신고 있는 걸 알아보았다.

남편의 사진이 담긴 현수막이 아파트 근처에 걸렸다. 경찰이 만들어준 전단지는 아직도 미조 집에 남아 있었다. 미조는 몇 번인가 전단지를 배포하러 나갔으나 행인들이 종이를 받지 않거나 무심코 버릴 때면 울컥하고 분노가 치밀어올라 그 일을 관두었다.

통화할 때마다 딸은 자책하는 미조를 달래며 죄책감을 가질 필요가 없다고 했다. 미조가 전단지 배포를 관두어서 남편이 돌아오지 못하는 게 아니라고 확실히 말해주었다. 미조가 제대로 돌보지 않아서 벌어진 일이 아니라고도 얘기했다. 딸은 진심이었다. 아무것도 의심하지 않았다. 미조가 말하지 않은 무엇인가가 있으리라고 생각하지 않았다. 딸뿐만 아니라 모두 그렇게 생각했다. 무엇보다 미조도 자주 그렇게 생각했다. 남편이 돌아오지 못하는 건

치매 때문이라고.

모두의 추측대로 남편은 어딘가로 가는 도중 문득 목적지를 잊었을 것이다. 익숙하지 않은 장소라면 그럴 수 있었다. 자신이 어디에 있는지 잊었다는 걸 깨달았을 때 불쾌하고 당혹스러웠을 것이다. 앞으로 이런 일이 얼마나 더 자주 벌어질지 알 수 없어 두려웠을 것이다. 하지만 얼마 지나 인지기능을 회복하면 아무리 황망하더라도 다시 목적지로 가든 집으로 돌아오든 해야만 했다. 오는 도중 그런 일이 또 벌어진다고 해도, 그래서 어딘지 모를 곳을 헤맨다 해도, 집으로 돌아오는 길에 그런 일이 몇 차례 반복되더라도 돌아오지 못할 이유가 없었다.

남편은 선택했다. 돌아오지 않기로. 퇴직 후 무리하게 벌였다 엉망이 된 사업의 수습을 미루고, 나아질 가망 없는 치료에 드는 비용을 줄이고, 미조에게 간병을 맡기지 않으려고 그렇게 한 것이다. 진단을 받고 나서 남편은 한탄을 섞어 자조적으로 말하곤 했다.

여보, 나는 돈 새는 깨진 항아리가 되었어요. 열심히 살았는데 기껏 깨진 항아리라니.

미조는 애써 웃어 보였지만 자신에게 부쩍 다가와 있는 미래에 가느다란 두려움을 느꼈다.

딸은 자주 전화를 걸어 가까이에서 엄마를 돕지 못해 미안하다고 했다. 미조는 자신 역시 남편을 돕지 않았다는 건 말하지 못했다. 돌아오지 않는 남편을 찾기 위해 사람을 쓰거나 적극적으로 일대를 수색하지 않았다고. 무엇보다 경찰에게 남편이 양양에서 전화를 걸어왔다는 사실을 누락했다는 말은 하지 않았다.

남편이 사라진 후 미조는 잠을 자지 못했다. 견디다못해 어느 날인가 오래전에 선물로 받아둔 술을 조금 마셔보았다. 몸이 느슨해지면서 마음이 편안해졌다. 조금 더 마시니 모든 문제가 치매 탓으로 여겨졌다. 남편은 순전히 길을 잃어 돌아오지 못하는 거라는 생각이 들었다. 길을 헤매다가 종내는 스스로를 잃게 되는 일도 있으니까.

이제 슬슬 식탁을 정돈하고 저녁식사를 준비해야 할 시간이었다. 한국으로 돌아가기 전에 딸과 사위에게 갈비찜을 해주기로 한 약속을 오늘이야말로 지켜야겠다고 마음먹었다. 돌아갈 날이 얼마 남지 않았고 무엇보다 아직 취하지 않아서였다. 하지만 그러려면 고깃집을 찾아가 제대로 된 부위를 고르는 용기가 필요하니 딱 한 잔만 더 마시기로 했다.

술을 따르는데 전화벨이 울렸다. 미조는 우선 시간을 확인했다. 딸과 사위가 돌아오려면 얼마간 여유가 있었다. 얼른 마시고 나서 장을 보러 나가면 될 듯했다. 물론 그전에 전화부터 받아야 했다.

미조는 무슨 말인가 하고 싶었으나 수화기 너머로 술냄새가 전해질 것 같아 입을 꾹 다물었다. 상대가 묵묵히 숨을 내쉰 다음 이제 익숙해진 영어로 천천히 말했다. 미조는 그에게 누구냐고 물었다. 그 사람이 큰 소리로 무어라 대답했다. 미조는 이번에는 어디냐고 질문을 던졌다. 그 사람이 다시 소리 높여 대답했고 미조는 그제야 그 사람이 크게 말하는 게 아니라 화가 난 것임을 알아차렸다.

누군가 다정하고 조심스럽게 미조의 어깨에 손을 올렸다. 사위였다. 그가 언제 들어왔는지, 어느 틈에 이렇게 가까이 왔는지 의아했지만 미조는 사위를 향해 웃어 보이려 애썼다. 사위가 미조의 손에서 조심스럽게 수화기를 떼어내서는 전화를 받았고 곤혹스럽게 몇 마디 대꾸하고 화를 억누른 목소리로 무슨 이야기인가 나누었다.

전화를 끊은 사위는 더는 웃지 않았지만 전화한 상대가 미조가 기다리는 사람이 아니라고 말해주려 애썼다. 사위는 천천히 그 사람 전화를 받지 말라고, 자신들을 괴롭히는 사람이라고 얘기했다. 그게 누구냐고 미조가 되묻자 사위는 알아들을 수 없는 말로 대답했다. 미조가 모르기를 바라는 것 같았다. 그러고는 잠시 후 미조에게 무엇인가 물었고 답을 기다리듯 미조를 쳐다보았다.

남편이었어.

미조가 멍하니 대답했다. 사위가 다시 뭐라고 말했고 미조는 남편이 자신을 찾는다고 반복해 얘기했다.

어머니, 미안해요.

사위가 대꾸했다. 엉뚱한 반응이어서 미조는 안심했다. 미조가 두려워하는 말, 자신을 한심해하거나 비난하거나 걱정하는 말이 아니어서였다. 캐묻거나 추궁하지 않아서였다. 사위는 잔을 하나 더 가져와 어질러진 식탁 위에 내려놓았다. 미조는 사위가 제 몫의 잔에 술을 따르고 단숨에 마시는 모습을 지켜보았다.

사위는 뭔가 더 얘기했다. 미조가 이해한 바에 따르면 사실은 수업이 없다는 말이었다. 앞으로도 없으리라고 덧붙였다. 미조는 그게 무슨 뜻인지 이해하지 못했다. 사위가 편히 쉬어야 할 공간을 자신이 방해하고 있다는 생각뿐이었다. 미조에게 돌아가달라고 말하는 걸까. 이 집에는 미조가 아니라 자신이 있어야 한다고 얘기하려는 걸까. 미조는 돌아가야 했다. 홀로 두려움에 맞서야 했다. 하지만 조만간 그렇게 해야 하므로 지금은 사위가 자신과 함께 조금만 더 앉아서 술을 마셔주면 좋겠다고 생각했다. 앞으로는 내내 혼자 있게 될 테니 말이다.

사위는 갈증을 느낀 듯 재빨리 한 잔 더 마셨다. 그 순간 미조는 사위가 오랫동안 그렇게 마셔왔다는 걸 알아차렸다. 딸은 요리를 위해서가 아니라 사위가 마시지 못하도록 술을 프라이팬 뒤에 숨겨둔 것이다. 사위는 편안해진 얼굴로 잔에 다시 술을 따라 냉큼 마셨다. 술이 주는 다정한 기운을 못 이겨 미조를 보며 조금 웃어주기도 했다.

초인종 소리가 들리자 사위가 놀란 듯 벌떡 일어섰다. 열린 문틈으로 안을 들여다보는 중국인 관리인의 얼굴이 보였다. 사위가 복도로 나가 현관문을 닫았는데도 화를 내고 있는 두 사람의 목소리가 다 들렸다. 미조는 술이 깼다. 정확히 알아들을 수 없었지만 더는 수수께끼가 아니었다. 두 사람이 무엇 때문에 싸우는지 짐작할 수 있었다.

잠시 후 소리가 잦아들고 사위가 들어왔다. 사위가 미조를 향해 괜찮다고 말하며 마지막 남은 술을 따라 마셨고 더 없느냐는 듯 빈병을 들어 보였다. 미조는 고개를 저었다. 더는 안 된다는 뜻이었는데 그저 남은 술이 없다는 뜻으로 여겨질까봐 표정도 단호하게 바꾸었다. 사위는 이내 어깨를 들썩이며 울기 시작했다. 그간의 사정을 짐작하게 하는 울음이었다. 시끄러운 이웃과 배려 없는 소음, 볕이 들지 않는 좁은 아파트, 추접해진 살림살이 때문에 미조가 이미 알아차린 것들이었다.

한 시간쯤 지나서 딸이 음식을 사가지고 돌아왔다. 사위와 미조의 표정을 보고 무슨 일인지 알아차린 듯했지만 딸은 식기 전에 먹어야 한다며 식탁 위에 있던 술병을 슬쩍 옆으로 치우고 포장 박스를 내려놓았다. 미조는 왜 딸이 술에 대해 아무 말도 하지 않는지 의아했지만 잠자코 볶음국수를 먹었다.

국수를 다 먹은 후 딸이 머뭇거리다가 어렵게 입을 뗐다.

엄마, 우리랑 함께 가요.

미조는 딸을 쳐다보았다. 딸은 사위를 쳐다보았다. 사위가 슬쩍 일어나 좁은 거실을 서성거렸다. 초조함이 묻어나는 걸음이었다. 딸은 포장 박스가 너저분하게 널린 식탁에 시선을 두고 말했다.

면세점 아르바이트가 곧 끝난다는 얘기, 사위의 오랜 실직과 지불이 밀린 집세, 여러 곳에서 걸려오는 독촉 전화 같은 것에 대해서.

미조는 이미 짐작했다. 남편이 사라지고 일 년이 지나도록 딸이 미조를 보러 오지 못했을 때, 미조가 이곳에 온 후 딸이 단 하루도 쉬지 않는 걸 알았을 때, 야근수당을 챙기려고 초과근무를 하고 주말에도 출근하는 걸 보았을 때, 딸의 집이 시내로부터 멀어졌다는 걸 알았을 때 말이다. 미조는 모른 척했을 뿐이다. 남편의 경우와 마찬가지로 도울 방법이 없으니 괜찮겠거니 생각해버린 것이다.

한국에 돌아가면 번역 일을 알아볼 거예요. 그림을 가르칠 수도 있고요.

확신에 찬 어조로 막연한 계획을 읊는 딸을 보고 있자니 마음이 아파왔다.

엄마를 모시고 지낼게요. 우리가 잘할게요.

딸이 다짐하듯 미조의 팔을 잡았다. 팔에 닿은 딸의 손이 뜨거웠다. 불쾌한 기분이 든다는 것에 미조는 깜짝 놀랐다. 떼어내고 싶은 걸 겨우 참았다. 딸의 목소리에 전화비를 구걸했다며 울먹이던 남편의 목소리가 겹쳐 들렸다. 남편은 어디를 헤매고 있을까. 돌아오고 싶은 마음을 어떻게 참을까.

미조는 이제야말로 털어놓아야 했지만 어쩐지 그럴 기회를 놓친 기분이었다. 왜 남편이 양양에 있었다는 걸 말하지 않았는지, 왜 딸과 사위를 도울 수 없는지 얘기해야만 했다. 하지만 무엇을 말할 수 있을까. 무엇보다 딸은 왜 아무것도 묻지 않을까. 여기에 온 후로 자신이 내내 술 마시는 걸 알았을 텐데 왜 모른 척할까. 어쩌면 딸은 그간 술에 대해서 충분히 얘기해온 것일까. 사위에게 말이다. 아무리 말해도 달라지지 않고 나아지지 않는다는 걸 알아버린 걸까. 자신이 그랬듯 딸 역시도 도울 수 없으니 문제삼지 않기로 한 것일까.

미조는 웃었다. 자신의 웃음이 차갑고 이성적으로 보였으면 하고 바라면서. 하지만 미조는 실실거렸다. 술 때문이었다. 술이 미조를 그렇게 웃게 만들었다. 치매가 남편에게 길을 잃게 만든 것처럼. 계속 그렇게 웃자 가슴을 서늘하게 하는 슬픔이 열어젖혔다. 딸이 울상을 지으며 미조를 쳐다봤다.

느닷없이 전화벨이 울렸다. 아무도 전화를 받지 않아 자동응답기가 돌아갔다. 딸과 사위의 장난스러운 메시지가 이어지고 신호음이 울렸다. 미조는 전화기를 쳐다봤다. 누군가의 목소리가 흘러나왔다. 미조는 벌떡 일어나 전화기를 향해 걸어갔다.

후견

입양 기관 담당자를 만난 후 정소명은 아버지 정호인에게 곧 그 사실을 알렸다. 어차피 알게 되리라 생각해서였다. 수학 교사로 교직을 시작한 정호인은 일찌감치 재단과 관계를 맺고 비교적 이른 나이에 M읍에서 유일한 고등학교의 교장이 되었다. 재임중 전형적이고 권위적이라는 평판이 있었으나 퇴임 후에도 여전히 교장으로 불렸다.

"해괴한 일이다." 정호인이 불쾌해하며 말을 이었다. "방법을 찾아볼 테니 일단 내려와라."

다음날 정소명이 집에 도착했을 때 정호인은 클럽 회원들과 함께 거실에 있었다. 읍내 병원장, 농약사 사장, 현직 도의원이었다. 모르는 얼굴이 있었는데, 변호사라고 했다. 그들은 이 지역 R 클럽 회원으로 어떤 안건이건 함께 의논해서 결정했다. 비밀을 훤히 아는 사이라는 뜻이었다. 그들은 모여 있을 때면 특별한 의제 없이 입을 놀렸지만 방문객이 끼어들면 일시에 입을 다물어버림으로써 일반적인 수준의 대화를 의미심장하게 만들었다. 정소명으로서는 내키지 않는 인사를 한 번에 끝낼 수 있어 다행이었다. 정호인과 어울리는 클럽 회원들에게 인사를 하고 나면 이 마을에서 할일은 얼추 끝나는 셈이었다.

"정기자, 오느라 고생했네. 최원장은 잘 있고?"

정소명은 간단히 고개를 끄덕였다. 정호인은 딸이 의약 잡지 기자로 단 육 개월 근무했고 결혼 후 어떤 경력도 쌓지 않았다는 걸 잘 알았다. 그럼에도 이혼소송중인 사위를 여전히 최원장이라 불렀고 사위 얘기가 나오자 놓치지 않고 병원 규모를 떠벌렸다. 클럽 회원들은 이 화제가 빨리 지나가기를 기다리는 표정으로 소파에 등을 기댔다.

"걱정 말게. 잘될 걸세."

병원장이 정소명의 인사를 받고는 말했다. 클럽 회원들은 그 일에 대해 이미 대화를 나눈 것 같았다. 질문이 이어지리라 생각했는데, 그게 다였다.

도의원이 다시 시작하라는 듯 고갯짓을 하자 변호사가 입을 열었다.

"이웃에게 알려지게 하는 게 가장 좋습니다. 계고장을 붙여두세요. 대문 앞에서 연체 금액을 크게 말씀하셔도 되고요. 다른 말씀은 하실 필요도 없습니다."

정호인이 허허 웃으며 대꾸했다.

"부끄러운 짓을 당해봐야 인간이 되는구만."

정호인은 클럽 회원들과 조합을 꾸려 처지가 어려운 농민들에게 자금을 대출해주는 사업을 벌였다. 의도와 달리 고금리인 탓에 사채나 다름없다는 비난을 받는 모양이고 연체율이 높은지 자금 회수와 운용이 수월치 않다고 했다. 최근 들어 정호인은 정소명에게도 돈 얘기를 자주 했고 마을 사람들을 가리켜 은혜도 모르는 놈이라는 표현을 썼다. 추심에 관해 변호사의 조언이 필요한 걸 보니 대출에 문제가 생겼거나 누적 연체액이 심상치 않은 모양이었다.

정소명이 학생 시절 지내던 방은 지금은 손님방으로 쓰고 있었다. 사용하던 가구도 남아 있지 않았고 청소해주는 아주머니의 뜻대로 정리된 방이라 이제는 제 방 같은 느낌이 들지 않았다. 정소명의 물건은 책상 위 커다란 상자에 담겨 있었다. 정호인은 정소명의 학교 시절 상장을 죄다 벽에 걸어두었다가 정소명이 질색하자 마지못해 거기에 넣어놓았다. 어쩌다 집에 들르는 손님들에게라도 자랑거리로 삼으려는 게 분명했다. 이참에 서울로 가져가야겠다 생각하는데 정호인이 불쑥 들어왔다.

"그 아이를 돕기로 했다."

"도와요? 왜요?"

"우리 클럽이 하는 일이 본래 그런 거 아니냐. 봉사, 희생, 헌신…… 사정 얘기를 하니 다들 딱하다더라. 당연히 우리가 도와야 한다고."

"누가 딱하다는 거예요?"

"어허, 누구겠냐. 네가 친모인 줄 알고 멀리서 찾아왔다는 그 말도 안 되는 입양아지. 기관하고 합심해서 친모를 찾아줄 생각이야. 우리가 나서면 결국 마을 사람들도 다 나서게 되어 있어. 오래전 일이지만 동네일이라면 누구 집에 숟가락이 몇 갠지도 다 아는 사람들이다. 아무리 꽁꽁 숨겨도 다음날이면 소문이 나는 게 이 동네야. 남의 이름으로 애 낳고 도망간 여자 하나쯤은 금세 찾을 수 있어."

"일을 키워서 좋을 게 뭐가 있다고요."

"모르는 소리. 본래 불리할 땐 전장을 키우는 거다."

그렇게 말하는 걸 보니 정호인 역시 이 얘기가 퍼지는 걸 걱정하고 있다는 생각이 들었다. 클럽 회원들이 모이는 날에 맞춰 정소명을 내려오라고 한 것도 그들에게 정소명이 이 일과 완전히 무관하다는 걸 보여주고 싶어서였으리라.

정호인은 약속을 잡아놨으니 면사무소 앞 카페에 가보라고 일렀다. 카페 주인이 정소명과 동창인데 아무래도 또래가 저지른 일일 테니 동기 사정에 밝은 사람에게 얘기를 들어보라는 것이었다.

"읍내 쏘다니던 날라리가 한둘이었냐. 걔들은 나한테 인사 한 번 하는 법 없었다. 지들이 누구 덕에 사람 구실 하는지도 모르고 감히 네 이름을…… 은혜도 모르는 놈들."

정호인이 누구에게인지 알 수 없는 욕을 내뱉고 다시 거실로 나갔다.

얼마 전 이현숙이라는 사람이 불쑥 전화를 걸어왔다. 자신을 입양 기관 담당자라고 소개하고는 확인할 게 있으니 시간을 내달라고 간곡한 투로 말했다. 정소명은 종종 모르는 사람에게서 그런 전화를 받았다. 전화로 용건을 말하는 경우도 있고 일단 만나자는 경우도 있었다. 만나면 남편에 대해 들을 수 있었다. 얘기하면서 울음을 터뜨리는 사람도 있고 정소명을 사납게 몰아세우는 사람도 있었다. 이현숙 역시 그런 부류 중 하나라면 만나두는 게 소송에 유리하다고 생각했다.

이현숙은 대뜸 오래된 사진을 한 장 내밀었다. 꽃무늬 블라우스를 입은 여자가 눈이 크고 머리숱이 적은 아기를 안고 있었다. 정소명 표정을 살피더니 사진을 한 장 더 보여줬다. 작고 까만 얼굴의 여자가 긴 머리를 늘어뜨리고 명랑하게 웃고 있는 사진이었다.

"사라라고 해요. 이쁘죠?"

딱히 그런 생각이 들지 않아서 정소명은 잠자코 있었다. 사라가 너무 어려 보여서 남편과 관계된 사람이라면 차라리 꽃무늬 블라우스 쪽이었으면 했다. 짐작 가는 바가 없어서 기분이 나빠졌다.

기습적으로 벌어지는 일치고 좋은 일은 없었다.

"이 아이가 이렇게 자랐어요."

이현숙이 두 장의 사진을 순서대로 가리켰다. 정소명은 그 말의 의도를 산발적으로 추측했다. 사라라는 여자가 남편의 딸일지 모른다는 생각이 먼저 들었다. 모르는 여자들에게서 이런 식으로 남편의 얘기를 들어왔다. 가급적 휘말리지 않으려 했지만 잘 되지 않았다.

"이분은 위탁모예요." 이현숙이 꽃무늬 블라우스를 가리켰다. "사라는 백일 무렵에 네덜란드로 입양됐어요."

이현숙은 이번에는 서류를 내밀었다. 병원 기록과 입양 동의서였다. 복사 상태가 좋지 않았지만 서류에 기재된 산모 이름과 주민등록번호를 확인할 수 있었다. 주소란에 적힌 집주소도 유추할 만큼은 보였다. 정소명은 산모란에 적힌 제 이름을 뚫어져라 보았다.

남편이 누군가를 시켜 일을 꾸민 듯했다. 그는 결혼 후 한푼도 벌어오지 않은 정소명에게 재산을 나눠주고 위자료까지 물어야 한다는 사실에 분개했다. 한동안 재산 명의를 돌리는 일에 몰두하더니 소송이 시작되자 정소명의 흠을 찾으려고 여러모로 시간을 끌었다. 남편 짓이 아니더라도 그가 알게 된다면 소송에 악의적으로 이용하려 들 것이다. 그는 뭐든 알아낼 것이다.

"사라는 지금 한국에 와 있어요. 엄마를 만나고 싶어해요."

이현숙이 말한 '엄마'가 자신을 가리킨다는 것을 깨닫기까지 시간이 조금 걸렸다. 정소명은 고개를 저었다.

"전 아닙니다. 그런 일 없습니다."

이현숙이 당연하다는 반응을 보였다. 이런 일을 자주 경험한 것 같았다. 제 자식이 아니라고 부인하거나 상관없다는 태도를 보이는 일 말이다.

"당연히 그러실 겁니다. 사정이 있으시겠죠."

정소명은 당황해서 사람을 잘못 찾아왔다고 되풀이해 말했다. 이현숙은 잡아떼봐야 소용없다는 듯 가만히 서류를 내려다보았고 정소명도 뒤늦게 그것을 의식해 덧붙였다.

"제 글씨가 아니에요."

"어머니가 걱정하시는 게 뭔지 다 알아요."

이현숙이 테이블 위에 놓인 정소명의 손을 살짝 잡았다 놓았다.

"저희는 다 이해해요. 친모라고 모두 만남을 원하는 건 아니거든요. 그래서 오늘도 혼자 왔어요. 상의도 드리지 않고 무작정 사라를 데려올 수는 없잖아요. 어머니께 무슨 사정이 있든 저희는 배려해 드려요. 현재 가족에게 알리고 싶지 않은 마음도 충분히 이해하지요. 그렇지만 어머니를 찾겠다고 이십 년 만에 멀리 네덜란드에서 온 따님을 생각하셔서……"

이현숙이 정소명의 굳은 표정을 보고는 말을 멈췄다.

"누군가 출산 사실을 감추고 싶었던 모양입니다. 거기에 운나쁘게 제 이름이 도용되었고요."

"당연히 그러시죠. 저야 다 이해합니다. 어쨌거나 힘드셨을 테니까요."

이현숙이 이해한다고 말해서 정소명은 몹시 화가 났다. 서류상 누군가의 친모로 되어 있는 게 무슨 기분일지 어떻게 알까? 정소명도 스스로의 기분을 알 수 없어 당혹스럽기만 한데. 정소명이 굳은 얼굴로 잠자코 있자 이현숙은 출산 당시 병원 근무자나 의료진을 찾아 정황을 알아보고 다시 연락하겠다며 자리를 떴다.

사라가 태어난 병원은 M읍에 아직도 있었다. 정소명도 그 병원에서 태어났다. 정소명의 엄마가 암이 의심된다는 소견을 의사에게서 처음 들은 곳도, 이 년 후 엄마의 장례를 치른 곳도 그 병원이었다. 당시는 제법 규모 있는 종합병원이었는데 오 년 전 원장이 바뀌면서 진료 과목이 대폭 축소되고 요양시설이 확충되었다. 사라가 태어날 당시의 의료진이나 직원이 현재까지 병원에 남아 있을 가능성은 없었다.

누군가 병원에 다녀오면 얼마 지나지 않아 마을 사람 모두 알게 되었다. 좋은 일로 병원에 가는 사람은 없었다. 소문이 퍼지면 한동안 불행을 겪어야 했다. 초등학생 때 정소명은 모르는 사람들에게 "네 엄마가 암이라며?" "죽을병에 걸렸다며?" 하는 질문을 받았다.

입양 기관에서 나온 사람이 친모를 찾아다니는데 입양 당시 서류에 정소명의 이름이 적혀 있다는 소식은 마을 사람들의 관심을 끌 것이다. 엄격한 교육자였으나 지금은 대부업자나 다름없어진 정호인의 집안과 관계된 소문이기 때문이었다.

마을은 내려올 때마다 조금씩 달라져 있었다. 슬레이트 지붕이 금속 기와 지붕으로 교체되거나 양철 지붕이던 미곡 처리장이 새로 지어지고 노후한 주택의 외관이 수리되는 식이었다. 하지만 꾸준한 변화와 지속적인 개발에도 불구하고 언제나 똑같아 보이는 게 기이했다.

사람들 때문이었다. 질병사나 사고사, 결혼으로 인한 주민 수의 변화에도 불구하고 구성원이 거의 달라지지 않았다. 사람들은 눈에 띄지 않게 더께와 나이테를 늘려가는 마을의 보호수처럼 제자리에서 늙어가고 있었다. 외지인의 전입과 내지인의 이탈이 적다 보니 평생 같은 사람을 이웃으로 두고 지냈다. 누군가를 잘 이해하기보다 오해하고 서운하게 여길 일이 많을 것이다.

주민들은 대개 농사를 짓거나 면사무소를 중심으로 형성된 영세한 규모의 상업에 종사했다. 조합의 대출자가 는 것을 보면 경제적 처지가 나아지는 일이 없고 오히려 해마다 가진 걸 잃으며 더 가난해지는 모양이었다. 정소명은 사람들이 지나갈 때마다 자신을 알아보건 말건 오래전 하던 대로 고개 숙여 인사했다. 저들 중 누군가는 얼마 후 정호인이 보낼 계고장을 받게 될 것이었다.

지금은 초등학교가 이웃한 면의 학교와 통합될 정도로 성장기

애들이 거의 없지만, 정소명이 학생이던 때만 해도 제법 많았다. 그중 일부는 고등학교를 마치고 다른 지역 대학에 입학하면서 마을을 떠났다. 대학 입시에 실패하면 특별한 계기를 만들지 않고는 마을을 떠나기 힘들었다. 정소명은 일찍 그 사실을 간파한 덕에 누구하고도 친구가 되지 않고 성적에 매달렸다. 학업에 어떤 공을 세우건 교장인 아버지에 대한 상찬으로 돌아갈 때는 맥이 빠졌으나 도리 없이 성적을 유지하는 쪽을 택했다.

학교 시절과 관련해 정소명이 가장 많이 하는 생각은 아버지가 교장인 학교에 다니지 않았더라면 어땠을까 하는 것이었다. 철없는 가정이었다. 지금의 정소명이 어린 시절 스스로의 부모가 된다고 해도 잘할 자신이 없었다.

마을 사람들은 권위적이고 엄격한 정호인의 간섭 아래서 엄마 없는 아이가 어떻게 자라는지 흥미롭게 지켜보았는데, 정소명은 사람들의 관심에서 벗어나는 법을 진작 터득했다. 일관성을 지키면 되었다. 성적이나 옷차림, 머리 모양, 가방과 신발, 등하교 시간이나 인사하는 태도, 말버릇 등을 언제나 같은 정도로 유지했다. 조금이라도 달라지거나 남과 다르면 질문을 받기 마련이었다. 천편일률적이고 전형적인 태도를 보여야 어른들은 문제가 없다고 여겨 마음을 놓았고 모범생이라 칭찬했다.

또래는 달랐다. 정소명에게 흥미를 느끼는 아이는 하나도 없었다. 판에 박힌 태도, 동급생을 무시하는 건방진 눈빛과 고지식한 성격을 반기지 않았다. 그렇기는 해도 아이들의 은근한 적의를 느꼈을 뿐 정호인 덕에 대놓고 따돌림을 받지는 않았다. 교장의 딸에게 노골적으로 굴기는 쉽지 않았을 것이다. 선생들의 비호와 편애 덕분이기도 했다. 정소명은 언제나 혼자인 것이 내심 두려웠지만 그것을 걱정하는 어른은 하나도 없었다. 정소명이 워낙 특출나고 또래와 수준이 맞지 않아서 어울릴 수 없다 여겼다.

동창이 한다는 카페는 간판 정비 사업을 한 오래된 단층 건물의 구석자리에 있었다. 학교 앞 분식집처럼 단출한 실내로 들어서자 안쪽에 앉아 있던 여자가 벌떡 일어서더니 안을 듯 팔을 벌리고 다가왔다. 정소명은 주춤거리며 고개 숙여 인사했다. 정소명의 어색한 태도에 여자가 멈칫했다.

"나 기억 안 나니? 진희야, 한진희."

선이 분명하고 짙은 눈썹이 한진희가 말할 때마다 같이 움직였다. 짧은 머리에 구김 많은 면 원피스를 입고 있어서 동창인 줄 몰랐다면 나이를 짐작하기 힘들었을 것이다.

정소명에게 동창은 두 부류였다. 자신을 싫어하는 무리와 자신에게 완전히 무관심한 무리. 누구인지 기억나지 않는 걸 보니 적어도 한진희가 자신을 싫어하는 쪽은 아닌 모양이었다. 그들은 어떻게든 매사 적의를 드러냈으므로 정소명으로서도 기억할 수밖에 없었다.

"실은 내가 쌍꺼풀 수술을 했거든. 오랜만에 보면 다들 잘 못 알아봐."

한진희가 민망해하며 웃었다. 그러고 보니 눈두덩이 어색하게 부어 있었지만 웃을 때 휘어지는 눈썹과 그런대로 어울렸다.

정호인은 한진희가 클럽 가입 추천서를 부탁한 일을 두고 분수를 모른다고 지적했다. 회원 추천이라는 이 지역 지부의 가입 방식 때문에 한진희에게 추천서가 필요했던 모양이었다. 클럽에 가입하면 이 지역 어느 유명 식당에 예약 없이 가더라도 곧 자리를 안내받을 수 있었다. 행사에 가면 개회사나 폐회사 명단에 이름이 들어 있고 신문에 실리는 동정으로 소식을 알리게 되었다. 확실히 장사를 하는 사람들에게는 친분을 쌓을 좋은 기회가 됐다.

한진희는 자리에 앉자마자 동창들 이름을 여럿 댔다. 알 만한 사람이 떠오르면 대화가 편해질 터여서 말리지 않았는데, 계속 이어지는 이름은 한 번쯤 들어봤음직해도 특정한 얼굴을 연상시키지는 않았다. 정소명이 연신 모르겠다고 하자 한진희는 고유명사 대는 걸 포기했다. 대신 수학여행이나 소풍 때의 에피소드를 얘기하며 기억나는 아이가 있는지 물었다.

같은 시기에 학교를 다닌 게 맞나 싶을 정도로 떠오르는 아이가 없었다. 아마도 한진희가 말한 아이들은 공부는 못해도 성격이 밝고 쾌활했을 것이다. 한진희가 그런 친구들과 어울렸으리라는 뜻은 아니었다. 정소명에게 특별한 반감을 가지지 않았던 아이들이 대개 그런 부류였다.

한진희는 고등학교를 졸업한 후 농약사에서 사무 업무를 보다가 이곳 태생의 남자와 결혼하면서 직장을 그만두고 카페를 냈다고 얘기해줬다. 자신에게 어떻게 지내느냐고 묻지 않은 것으로 보아 아마도 정호인에게 뭔가 들었으리라는 생각이 들었다. 학교 시절의 자신에 대한 얘기도 꺼내지 않았는데, 정소명은 바로 그 때문에 그녀가 자신에 대해 교장의 딸이라는 사실만 안다고 확신했다. 전교생 중에 정소명을 모르는 애는 없었다. 얼굴은 모르더라도 교장의 딸이라고 하면 다 알았다.

선생들은 작정한 듯 불공정하게 굴며 정소명의 빼어날 것 없는 글이나 그림, 포스터에 매번 상을 주었다. 당시에도 정소명은 정당하지 못하다고 생각했지만 특권을 포기하거나 거부하는 대신 그에 합당한 능력을 갖추고자 했다. 노력한다고 되지 않아서 내내 열등감과 자격지심에 시달렸다. 계속되는 상찬에도 불구하고 제대로 된 성취감을 느끼지 못했고 누군가 언제고 자신을 흠잡을 것 같아 아이들이 힐끔거리면 마음을 졸였다.

곧잘 상을 받던 학창시절도 갑자기 서울로 전학을 가면서 완전히 끝났다. 성적은 떨어졌고 글이나 그림에서 애써 재능을 찾아내어 칭찬해주는 선생도 없었다. 당연히 능력을 갖추려고 노력할 필요도 없어졌다. 사투리를 감추려는 말투 때문에 서울 학교 아이들은 정소명이 말만 하면 웃었다. 말투와 억양을 재미있어한다고는 생각하지 못해서 무시하고 놀리는 줄 알았다. 한 번도 누군가를 웃겨본 적이 없어서였다. 입을 아예 다물어 주눅든 마음을 감췄다. 평범한 아이에 대한 선생들의 무관심에 익숙해지는 데는 다소 시간이 걸렸다.

편안해지기는커녕 모든 걸 빼앗긴 기분이었다. 지나친 관심과 비호에서 오던 압박감, 노력하지 않아도 저절로 주어지던 상찬이 말할 수 없이 그리웠다. 이후 정소명은 아버지의 권위와 인맥을 마땅한 유산으로 받아들였다. 정소명은 고모네 집에 묵으며 통학했는데, 고모부는 권장법대로 음식을 먹는 사람이었다. 그는 소처럼 느리게 음식을 씹으며 정소명을 빤히 쳐다보곤 했다. 간혹 무슨 일이 있었느냐고 추궁하듯 묻기도 했다.

"전학생." 한진희가 갑자기 떠오른 듯 소리쳤다. "걘 기억나지? 2학년 때."

정소명이 고개를 내저었다.

"몰라? 기억이 안 나?"

모른 척하고 싶다는 의미였지만 그렇다고 대답했다. 한진희가 당황한 듯 정소명을 쳐다보았다. 다 안다는 표정 같기도 하고 그저 멋쩍어서 짓는 표정 같기도 했다. 변명이 필요한 듯해서 아버지 때문에 친구가 없었다고 둘러댔다. 한진희가 고개를 끄덕였다.

동창을 떠올리는 건 더이상 의미가 없어 보였다. 정소명은 이제 끼어들 때가 되었다고 생각해서 가지고 온 서류봉투를 내밀었다.

"놀랐겠구나."

한진희가 봉투에서 복사물을 꺼내 살펴보고는 말했다. 정소명은 이 일로 자신을 배려해주는 말을 듣는 게 낯설고 어색한 나머지 자신의 기분을 생각해주는 사람은 한진희가 유일하며 그녀야말로 친구라는 생각이 들었다.

"교장 선생님은 네 인적사항을 다 아는 사람이 친모일 거라고 하시더라."

"그렇지 않겠어?"

"아는 사람이 자기 친구에게 알려줬을 수도 있지."

당연히 그럴 수 있지만 내키지 않는 가설이었다. 추정 범위가 넓어질수록 친모를 찾기 어려웠다. 가능성 적은 얘기부터 꺼내는 걸 보니 한진희는 도울 생각이 없는 듯했다.

"글씨체는 어때? 아는 사람 글씨 같지 않아?"

정소명이 관심을 끌기 위해 물었다. 한진희가 서류 쪽으로 다시 눈길을 돌렸다.

"글씨만 보고는…… 이렇게 귀엽게 쓰는 글씨는 흔하잖아."

서류에 적힌 글씨는 초성에 비해 종성이 작아서 불균형했고 글자가 한눈에 잘 들어오지 않았다. 천천히 꾸며 쓰느라 선생의 말이 빠르면 받아 적지 못했을 테고, 당연히 성적도 별로였으리라 추측할 수 있는 글씨였다.

"한마디로……" 한진희가 한숨을 내쉬었다. "어린애 글씨네. 애가 애를 낳은 거야."

"소문 같은 건 없었니? 오래전이지만 그런 소문은 잘 안 잊혀지잖아."

"소문이야 늘 있었지. 하지만 이 동네에서 뭔가 감추고 지내기는 힘들어. 너도 알다시피 여긴 좁은 곳이야. 오히려 다른 동네에 살거나 일찍 다른 곳으로 떠난 사람이 아닐까?"

한진희가 정소명을 빤히 쳐다보았다. 오랫동안 알아온 제 친구들을 감싸려는 게 느껴졌다. 그 표정을 보자니 학교 시절 모습은 여전히 떠오르지 않았지만 어쩌면 이애도 자신을 혐오하던 무리 중 하나는 아니었을까 싶어졌다.

"특별히 의심스러운 사람은 없어?"

더 묻는 건 의미가 없다 싶으면서도 순전히 한진희를 기분 나쁘게 하려고 질문을 던졌다.

"꼭 범인을 찾는 형사처럼 말하는구나."

정소명은 신원도용도 범죄라고 항변하고 싶은 마음을 꾹 눌러 참았다. 한진희의 표정이 눈에 띄게 냉랭해졌기 때문이었다.

"소문은 아무것도 아니야. 남자애랑 걷기만 해도 말이 도는 동네야. 악랄하게 말해야 퍼지니까 더 자극적으로 구는 거지. 너도 잘 알잖아."

그 말은 정소명에게 너에 관한 소문도 있었는데 알고 있느냐고 확인하는 것으로 들렸다. 한진희가 웃는 것 같았다. 표정에 아무런 변화가 없는데도 그렇게 느껴졌다.

아이들이 정소명을 보며 노골적으로 키득거리고 수군거리던 때가 있었다. 일부러 쳐다보았고 새어나오는 웃음을 참으려다 더 크게 웃음을 터뜨려도 미안해하지 않았다. 그런 아이 중에 한진희도 끼어 있었을 것이다. 대부분의 아이들이 그랬으니까.

그게 무엇이든 소문이 나면 끝장이었다. 담임에게 불려갔고 심하면 교장인 정호인에게도 불려갔다. 그 단계에 이르면 사실 확인을 위해 친구나 부모가 동원되는 일이 허다했다. 정호인도 실제로 소문을 다 믿지는 않았다. 그저 학생과 학부모를 그런 식으로 대해야 한다고 생각할 따름이었다.

"내가 걸레라는 소문?"

정소명이 되물었다. 한진희가 놀란 표정을 지었다.

"무슨 소리야. 누가 그런 얘기를 해."

거짓말 같지는 않았다. 괜한 얘기를 꺼낸 듯 미안해하며 한편으로는 그런 소문이 있었는지 의아해하느라 말을 잇지 못하는 걸 보니 그랬다. 전학생 때문에 생긴 소문이라고 사정을 말해줄 수도 있었다. 그러는 대신 정소명은 완고한 표정을 지었다. 전학생을 모른 척했던 게 떠올라서였다. 다행히 실수하지 않고 넘어갔다.

"이 서류, 내가 가지고 있어도 될까. 나보다 동창들 소식에 더 밝은 친구가 있어. 걔한테 물어볼게."

한진희가 흩어진 서류를 한데 모으다가 정소명을 보며 말했다.

"얘기가 퍼지지는 않을 거야. 친모라는 사람이 어디서 누구랑 살고 있는지도 모르는데……"

정소명의 걱정은 소문에 자기 이름이 곁드는 것이었다. 당연했다. 이름을 훔쳐 쓴 사람이라면 비난받아 마땅한데 걱정할 이유가 뭐가 있겠는가.

"찾아주고 싶어."

한진희의 말에 정소명은 마음이 누그러졌다. 한진희가 자신을 위해 이리저리 캐묻고 다니며 애쓸 게 고맙기도 했다.

"찾아주면 좋아할 거야. 사정이야 있겠지만 딸이 얼마나 보고 싶겠어."

제 할말을 마친 한진희가 커피도 대접 못했다면서 자리에서 일어나 주방 쪽으로 갔다. 하도 재빨라서 정소명은 그만 가보겠다고 말할 기회를 놓쳤다. 원두를 갈고 물을 끓이는 소리가 들리더니 이내 커피 냄새가 퍼졌다.

잠시 후 커피와 커다란 머핀을 가져온 한진희가 다시 맞은편에 앉았다. 커피는 신맛이 났지만 향이 좋았고 머핀도 서툰 모양에 비해 맛이 괜찮았다.

바깥에서 시끄러운 소리가 들리자 한진희가 창밖을 내다보았다. 공사 자재를 실은 트럭이 요란하게 지나가고 있었다. 산성을 복원하는 공사 탓에 면사무소에서 산에 이르는 도로에 자재가 어지러이 널려 있었다. 한진희가 산성 때문에 마을이 영 번잡스러워졌다고, 전부 다시 짓는 게 무슨 의미인지 모르겠다고 투덜댔다. 마을은

역사적으로 한 번도 주목받아본 적 없어서인지 고려 때의 잔존 산성이 유일하게 내세울 관광자원이었다. 정호인은 그것이라도 써먹어야 한다고 여겼고 아는 건축업자를 그 일에 소개했다. 마을에서 벌어지는 일은 모두 자신이 관여한다는 게 그의 자랑거리였다.

"클럽에는 왜 가입하려는 거야?"

"클럽?"

"아버지가 있는 곳 말이야."

"아, 남편이 여기 면사무소에서 사회복지 업무를 맡고 있어. 공공기관이랑 사설 기관의 협업 프로그램을 궁리하고 있는데 나보고 주민들과 참여하면 어떻겠냐는 거야. 말이 나온 김에 클럽분들이랑 봉사활동을 추진해볼까 했어. 거기 본래 봉사 모임이고 회원들이 다 동네 유지잖아. 사람들 호응 얻기에 굉장히 좋지. 마침 교장 선생님이 회원이라길래 가입 절차가 어떻게 되느냐고 물어봤는데, 추천서를 두 장이나 받아오라는 거야. 그 추천서라는 게……"

한진희가 말을 멈추더니 잠시 후에 "없던 일로 하기로 했어" 하고는 입을 다물었다. 묵묵해진 한진희 앞에서 정소명은 시간을 끌며 커피를 마시고 머핀을 먹었다. 한진희는 별 화제가 없는지 테이블에 떨어진 머핀 부스러기와 물컵 자국을 냅킨으로 닦으며 작별인사라도 하듯 물었다.

"서울엔 언제 가니?"

"집에 들렀다 바로 가야지."

"한참 못 보겠구나."

정소명이 머뭇거리고 있는데 손님 세 명이 요란한 소리를 내며 들어왔다. 그들이 어수선하게 자리를 잡는 참에 정소명은 눈인사를 건네고 카페를 나섰다. 좀더 시간을 끌었다면 전학생이 어떻게 되었는지 물어보았을 것이다. 학교 시절 애들 중에 기억나는 사람은 전학생뿐이었다. 그애는 하나뿐인 레코드 숍에서 신곡 카세트테이프를 제일 먼저 샀고 가방은 끈을 길게 해서 왼쪽 어깨에 멨으며 운동화 뒤축을 구겨 신어 몇 걸음 걷다가 멈춰 서서 앞코를 땅에 쿡쿡 찍었다. 수업시간에는 줄곧 몸체가 굵은 샤프를 돌렸고 떨어뜨려 소리가 나면 제 것이 아닌 척 딴청을 피웠다. 그애가 쓰는 물건이나 그애의 삐딱한 행동은 모두 정소명을 사로잡았다.

정호인은 학교생활에 적응하지 못하거나 학교측에서 관심을 가져야 하는 아이들을 선도하고자 교사가 인위적으로 친구를 지정해주는 '시스터' 제도라는 걸 만들었다. 전학생이 오면서 시행되었고 정소명이 첫번째 시스터가 되었다.

무슨 일을 해야 하는지 몰랐으므로 정소명은 그저 도와주는 기분으로 처음 얼마간은 전학생을 따라다니며 학교 시설이나 담당 교사 이름을 알려주는 일에 공을 들였다. 전학생은 고마운 내색을 하지 않았지만 귀찮아하지도 않았다. 같은 반 애들과 자연스럽게 어울리도록 돕거나 반 아이들 이름을 알려주지는 못했다. 얼마 지나지 않아 전학생은 정소명이 그런 일을 할 수 없다는 걸 간파하고 정소명을 완전히 무시하기 시작했다. 전에는 정소명이 말하면 듣는 척이라도 했지만 이제는 보이지 않는 사람처럼 대했다.

"적응은 잘 하고 있니?"

정호인은 틈틈이 전학생에 대해 물었다. 고개를 끄덕이면 잘 지켜보라고 매번 같은 말을 했다. 담임은 부탁조로 얘기했다.

"어제 그애랑은 뭘 했니? 마음이 많이 아픈 애다. 네가 잘 지켜줘야 해."

그런 질문과 당부 때문에 정소명은 자신이 해야 할 일을 깨달았다. 친구가 되라는 게 아니었다. 적응을 도울 필요도 없었다. 말이 선도지 문제아 곁에 선생의 통제가 가능한 학생을 붙여두겠다는 의미였다. 정소명 때문에 그 아이는 자연스럽게 다른 아이들로부터 고립되었다.

전학생이 어떤 경위로 정소명의 보고서를 읽게 되었는지 알 수 없었다. 담임이 전학생을 불러 세워놓고 보고서를 들이밀며 추궁했을지도 몰랐다. 교사가 무심코 책상에 올려둔 보고서를 운나쁘게 보았을 수도 있었다.

전학생은 쉬는 시간에 느닷없이 정소명을 향해 돌진했다. 교실 뒤쪽에 있던 대걸레로 정소명의 얼굴을 힘껏 짓눌렀다. 정소명은 충격을 받았는데, 보고서가 유출되어서가 아니라 전학생이 자신의 우정을 조금도 눈치채지 못해서였다. 전학생을 선망한 나머지 그애와 닮은 사람이 되려고 노력했지만 소용없었다. 누구도 정소명의 얼굴에서 걸레를 치워주거나 전학생을 막아주거나 무슨 일이냐고 물어오지 않았다. 아이들은 기세에 눌려 조용해졌다가 전학생이 걸레를 던지고 나가버리자 몰래 웃기 시작했다. 얼마 후 수업시간이 되어 들어온 선생에게 아무도 그 일을 고자질하지 않았다.

그때부터 걸레라는 수군거림을 들었다. 정소명은 그 말이 보통 의미하는 바를 잘 알았다. 사람들은 무엇이든 곧이곧대로 받아들인다는 것도 알았다. 자기편이 없는 사람은 쉽게 의심을 사기 마련이어서 소문을 잠재우려면 더 큰 소문이나 소란을 만들어야 했다. 다른 방법이 있었겠지만 다른 생각을 할 수 없을 만큼 마음이 급했다.

전학생이 이전 학교에서 쫓겨난 이유는 금세 퍼졌다. 정소명이 걸레로 맞은 사건보다 더 흥미 있는 얘깃거리인 탓이었다. 정호인이 서울에 있는 그애의 부모를 학교로 불러들였다. 저런 애를 받아줬으면 품행 유지에 만전을 기하도록 신경써야 한다며 엄히 꾸짖었다. 정호인은 그애 부모가 머리를 잔뜩 조아리게 만든 후에 아이의 학업을 여기서 끝마치고 싶지 않으면 피해 학생에게 사과하고 다시는 문제를 일으키지 않겠다는 각서를 쓰라고 경고했다. 정소명은 정호인과 담임, 그애 부모 앞에서 무릎 꿇은 전학생의 사과를 받았다. 그애는 너무 극진하고 공손해서 진심이 아닌

게 뻔한 사과문을 정중한 톤으로 거리낌없이 읽었다. 심려를 끼쳐…… 부디 용서를……같이 친구에게라면 쓸 리 없는 표현이 섞인 글이었다.

꺼림칙한 사과를 받고 얼마 지나지 않아 정소명은 서울로 전학갔다. 진학 공부가 명목이었지만 정호인은 걸레라는 별명을 참아주지 않았다. 말하자면 정소명은 스스로 이곳을 벗어날 기회를 놓쳤다.

한진희를 만나고 집에 돌아갔을 때 정호인 혼자 거실에서 서류를 들여다보고 있었다. 그는 고개도 들지 않고 정소명에게 병원장이 당시 근무하던 사람들을 찾고 있다고 일러주었다.

"범인 찾듯 그렇게 하지 마세요."

정소명이 한진희를 따라 말했다. 정호인과 공범이 된 듯한 기분이 드는 게 싫었다.

"범인?"

정호인이 고개를 들어 정소명을 빤히 쳐다보았다. 한패인 줄 알았는데 정소명이 배신했다는 표정이었다.

"그거 범죄다. 네 신원을 도용했잖니. 변호사 말이 명예훼손도 걸 수 있다더라. 걱정 말아라. 입양아한테 고향의 정을 느끼게 해줘서 나쁠 건 없지. 어미한테 버림받았지만 고향은 버리지 않았고 누군가 도우려 한다는 걸 보여주는 게 중요하다. 사람은 온정을 경험해야 제대로 인간이 된다."

"그럴 필요 없어요. 유전자 검사만 하면 끝날 일인데 복잡해졌어요."

정소명의 말을 듣고도 정호인은 화를 내지 않았다. 필요 없는 짓이라고 여기기는 그도 마찬가지기 때문이었다.

"당연히 해야지. 하지만 지금은 아니다. 절실한 상태라야 고마운 줄 아는 법이야. 그 입양아 말이다. 네가 친모일지 모른다고 생각해야 이곳에 와서 울기도 하고 애틋하게 고향 구경도 할 게 아니냐. 곧 산성 공사도 마무리될 테니 거기서 뭔가 찍으면 보기도 좋고…… 담당자한테 다음주에 입양아를 데리고 내려오라 해뒀다. 며칠간 실컷 호사를 누리게 될 게야. 군수가 연락을 넣어줘서 방송국에서도 나오기로 했다. 나중에 결연을 맺어서 입양아들이 정기적으로 고향을 방문하도록 추진할 생각이다."

정소명의 생각은 틀렸다. 정호인은 이 일을 가치 있게 만들 작정이었다.

"친모가 만나지 않겠다고 할 수도 있어요."

"그렇게는 안 되지. 제 사정 때문에 나 몰라라 해버리면 죄를 물어야지. 명예훼손. 네 이름을 욕보였잖니."

그런 일이 실제로 벌어진 듯 열을 내던 정호인은 말을 마치자 얼굴이 다소 부드러워졌다. 뜻대로 안 될 경우 사라의 친모를 고소하고 고발할 수 있다는 사실이 그의 기분을 풀어준 것 같았다.

정소명은 방으로 들어가 상자 안을 살폈다. 전학생이 쓴 사과문이 있을지도 모른다는 생각이 들어서였다. 의미 없는 칭찬이 적힌 종이들을 훑어보던 중 정소명은 도 대항 글짓기 대회 상장을 발견했다. 그 상을 받았을 때 무척 기뻤다. 학교 선생의 편애와 비호 없이 외부 심사로 정당하게 받은 유일한 상이었다. 정호인은 전교생 앞에서 수여식을 하고 상장을 본관 중앙 게시판에 붙여두었다. 도 대항 핸드볼 대회 준우승 상패, 교육제도 개선 노력으로 교육청에서 받은 공로상, 학업 관련 표창장, 재단의 각종 교육 공헌 자료들과 함께 정소명의 상장이 게시되었다.

그곳을 지날 때면 스스로에게 조금 너그러워졌다. 한참 지나고 나서 자신이 쓴 원고를 국어 선생이 수정하여 응모했다는 것을 알게 될 때까지는. 당황한 표정을 짓는 정소명에게 선생은 의아하다는 듯 "당연하지 않니?" 하고 되물었다.

정소명은 자부와 수치를 동시에 준 그 상장을 오래 들여다보았다. 수상자 이름과 학교명 밑에 주민등록번호와 주소가 적혀 있었다. 오래전의 관습으로 상장에 주민등록번호를 적어넣은 것이다. 규모가 큰 대회여서 보다 공식적인 느낌을 주기 위해서였는지도 모른다.

정소명이 전학 간 후에도 정호인은 상장을 계속 전시해두었다. 그러는 동안 재학생뿐 아니라 학교를 방문하는 사람이라면 누구라도 정소명의 이름과 주민등록번호가 기재된 상장을 보았을 것이고 필요하다면 무람없이 그 정보를 사용했을 것이다.

주민등록번호를 몰래 알아낸 사람이나 평소 행실로 나쁜 소문이 돌던 사람이 아니라, 마침 아는 정보이고 흔하게 노출된 내용이어서 가져다 썼을 뿐이다. 재학생이 아니더라도 그 정보를 아는 일이 어렵지는 않았을 것이다. 학교를 방문해 게시판을 들여다보기만 하면 누구라도 알 수 있었을 테니까.

정호인에게 이 사실을 말해줄 수도 있었다. 신원을 도용한 사람이 있기는 하지만, 애당초 신상을 만천하에 공개한 건 아버지라고. 우리가 불리해서 키운 전장은 언제나 우리 자신을 낱낱이 드러낸다고.

사라에게 고향을 구경시켜줄 생각으로 들떠 있는 정호인에게 정소명은 그 말을 하지 않을 작정이었다. 정호인 말대로 어쨌거나 이 마을이 사라의 고향인 건 분명했다. 태어난 곳의 행운을 경험해서 나쁠 리 없었다. 어차피 사람들은 많은 일을 겪지 않는가. 정소명은 서울로 돌아가기 위해 상자와 가방을 챙겼다. 상자는 버릴 생각이었다.

좋은 날이 되었네

첫번째 기억은 무릎에 관한 것이다. 어머니의 무릎에 뺨을 대고 누우면 어머니가 걸고 있는 목걸이의 구슬들이 부딪치는 소리가 들렸다. 어머니가 들고 있던 책을 내려놓을 때 나는 소리였다. 어머니는 언제나 내게 뭔가 읽어주었다. 학습장애가 제법 두드러지기 시작했지만 어머니는 글자를 가르치려는 시도 없이 그저 이야기만 읽어주었다. 드러눕기에는 차가운 마룻바닥의 냉기와 무르면서도 단단한 어머니의 무릎, 책을 읽는 느린 말투, 어머니가 움직일 때 들려오던 부스럭거리는 소리가 비교적 선명히 떠오른다. 눈을 가늘게 뜨고 올려다본 어머니는 무척 예뻤다. 나는 일찍부터 사람들도 어머니를 그렇게 여긴다는 걸 알았다. 어머니는 젊고, 날마다 옷을 갈아입고, 이 도시의 사투리를 쓰지 않았다.

어머니의 삶은 미용실과 집으로 양분되어 있었다. 미용실을 운영했기 때문에 당연한 일이지만 거기에 있을 때가 많았다. 미용실에서 어머니는 자주 실수를 했다. 머리를 비뚤게 자르는 일이 다반사였다. 컬을 지나치게 굵게 말아 욕을 먹고 다시 해주는 일도 허다했다. 머릿결을 상하게 하는 바람에 추가로 영양 손질까지 해주어서 손해를 보기도 했다. 그래도 손님은 꾸준해서 나이든 여자들이 웃고 떠드는 소리가 끊이질 않았다.

어머니는 한 번 결혼한 것으로 알려졌지만 실제로는 한 번도 하지 않았다. 무슨 연유인지 내가 네 살이 되던 해 어머니는 서울을 떠나 연고 없는 이곳으로 왔다. 그것은 내가 아버지에 대한 정보를 얻기 무척 힘들다는 의미이기도 했다. 한동안 나는 아버지의 정체가 몹시 궁금했다. 어머니가 나를 피해 누군가와 연락을 취하거나 누군가를 만나고 있다는 의심이 들 때면 더욱 그랬다. 아버지에 대한 동경이나 그리움은 아니었다. 친구들의 사례를 통해 아버지가 없는 쪽이 여러모로 편하다는 걸 알아가고 있었다. 아버지가 없는 것은 축구화를 가지지 않은 것과는 달랐지만 곧 축구화든 아버지든 필요 없는 나이가 될 테니까.

간혹 어머니 방을 뒤졌다. 나는 증거를 찾고 있었다. 어머니에게 새롭게 나타난 누군가를 좌절케 할 만한 증거를. 그 사람에게 선하고 지적인 인상의 아버지 사진을 들이민다면 좋겠지만 반대의 경우라도 괜찮았다. 거칠고 사나운 폭력배 같은 아버지더라도 말이다.

그 일은 이루어지지 않았다. 집안에는 아버지 사진이 한 장도 없었다. 아무래도 손이 거칠어 내가 방을 뒤지고 다녔다는 것을 어머니는 알아차렸을 테지만 뭘 찾느냐고 물어보지 않았다. 심려 깊고 다정해서라기보다는 어머니 역시 홀로 자식을 키우는 일에 여러모로 서툴러서였다. 어머니는 종종 불 꺼진 어두운 방에 우두커니 앉아 있다가 내가 불을 켜고 들어가면 즉시 평상시의 모습으로 돌아왔다. 나 역시 당혹스러움을 감추고 여느 때처럼 말하려고 애썼다. 어머니는 나에게 어떤 면모는 절대로 보여주지 않으려 했고 나는 수긍했다.

내가 자란 후에는 그러는 편이 낫다고 생각했는지 종종 아버지 얘기를 해주었다. 스무 살이던 어머니는 당시 교회 전도사이던 아버지에게 반했다. 어머니는 아버지에 대해 말할 때면 늘 교회 전도사라는 것부터 얘기했다. 그것으로 많은 부분이 저절로 설명되리라 믿는 것처럼. 실제로 그러했다. 나는 그것이 아버지가 가진 매혹의 전부이며 어머니에게 있어서 가장 중요한 의미라는 것을 이해했다.

만일 아버지가 누구인지 안다면 그가 어머니에 대해 좀더 말해주지 않을까. 그러나 모든 사라진 사람들과 마찬가지로 그에게는 후광뿐이었고, 그 때문에 그는 거리 어디에서나 마주치는 흔한 아저씨다운 모습과는 멀어졌다. 확실히 아버지에 대해 이야기할 때

어머니는 과장하는 경향이 있었다. 그러는 편이 내게 도움이 된다고 여겼다. 그 때문에 나는 어머니가 말하는 사람이 실재하지 않는다는 걸 눈치챘지만 어머니가 줄곧 그를 대담하고 지적이며 관대한 남자라고 묘사하는 것에는 안도했다. 무식하고 무능하며 속물적인 인간이라고 매도당하는 아버지보다는 나았다.

어머니가 나를 낳은 나이가 되었을 때, 나는 살던 도시를 떠났다. 어머니는 그 이별을 자랑스러워했다. 더듬거리며 글자를 읽어내다 결국은 서울의 사립대학에 진학한 것을 대견해했다. 내가 글자를 읽지 못하던 시절의 얘기를 꺼내며 눈물을 보이기도 했다. 책 읽기에 실패할 때마다 어머니는 간단한 줄거리를 말해주고 "그다음에는 어떻게 되었을까" 하고 물었다. 내가 어떻게든 이야기를 지어내면 이번에는 "왜 그랬을까" 하고 질문을 던졌다. 신념이 있어서라기보다 어머니는 다소 느긋했던 것 같다. 어머니 주변에 글을 못 읽는 사람은 아무도 없었고 남들이 다 하는 읽기를 아들이 못할 리 없었으니까.

대학에 진학한 첫 학기, 나는 거의 주말마다 집으로 내려갔지만 다음 학기는 한 달에 한 번, 그다음부터는 방학 때나 잠깐 내려갔다. 나이 차이 많은 누나 같던 어머니가 점차 명백하게 늙어가는 모습을, 그러는 동안 어머니와 마주앉아 얘기를 나누는 시간이 점점 줄어들고 있다는 것을 의식하지 못했다. 전화로 자주 안부를 나눈 탓이었다. 어머니는 내 근황을 듣고 나면 어릴 때와 여전히 같은 질문을 던졌다. "그래서 어떻게 됐어?"라거나 "왜 그랬어?"라는 질문들. 나는 이미 최선을 다해 스토리와 인과를 생각하던 아이 시절로부터 멀어졌고 그 둘을 제대로 설명하기가 가장 어렵다는 것도 알아가고 있었다. 그러다보니 늘 간단히 대꾸했다. 별일 없었다거나 어쩌다보니 그렇게 되었다는 식으로.

어머니는 미용실을 운영하면서 조금이라도 돈이 모일 때마다 눈 밝게 투자한 결과로 작은 건물을 소유하고 있었다. 자수성가한 사람답게 근검했으나 자식인 내게는 넉넉한 편이었다. 그러나 전적으로 어머니 기준이었을 뿐, 별다른 아르바이트도 하지 않고 자취를 하며 용돈으로 쓰기에는 빠듯했다. 어머니는 늘 나를 대견하게 여겼고 그게 면구스러워 나는 몇 가지 일들을 혼자서 처리했다. 얼마 못 가 헤어진 여자친구와의 여행에 든 비용이라든가 분수에 맞지 않은 선물 비용, 다단계에 빠진 친구를 빼내려고 빌려준, 떼일 게 분명한 돈 같은 것이었다. 어머니에게 받은 학비로 그런 비용을 충당하고 대출을 받아 등록금을 냈다. 친구들도 대개 대출받아 학비를 내는 형편이어서 그 정도의 빚이 과하지 않게 여겨졌다. 무엇보다 내게는 언젠가 어머니가 가진 모든 것이 내 것이 되리라는 쉬운 계산이 있었다. 간혹 어머니가 내 헤픈 씀씀이를 알고도 눈감아준다 싶었는데, 그건 아니었다. 어머니가 아무 말 하지 않은 이유는 내 생활을 전혀 몰랐기 때문이었다.

대학을 졸업할 무렵 어머니가 더는 미용실을 운영하지 않는다는 사실을 뒤늦게 알게 되었다. 젊은 미용사가 많아졌다고 어머니는 대수롭지 않게 얘기했고, 나는 그제야 어머니가 실력보다 나았던 미모도 별로 내세울 게 없는 나이가 되었음을 실감했다. 어머니는 잘못했다고 조아리는 일과 대책 없이 미용실에 모여든 사람들의 수다에 맞장구치는 데 지쳐 있었다. 미용사를 고용했으나 몇 차례 결산이 맞지 않는 경험을 한 후로는 그마저도 관두었다. 다행히 어머니 소유의 건물에서 나오는 월세가 적당하여 생활을 검소하게 꾸리고 노후를 예비하는 데는 무리가 없었다.

오랜만에 어머니를 보러 갔을 때 동네에는 부쩍 부동산이 늘어 있었다. 대규모 개발 계획에 대한 소문이 돌았다. 그저 뜬소문에 지나지 않는데도 두 곳의 지역신문은 경쟁적으로 특집기사를 게재했다. 몇몇 전문가들이 도시개발사업이 실행 단계에서 많은 문제를 유발하리라고 지적하고, 일부 언론 역시 사기극으로 끝나리라며 반대했지만 협잡꾼들과 투기꾼들은 쉽게 포기하지 않는 모양이었다. 동네가 그 때문에 어수선하다고 어머니가 지나가는 투로 얘기했다. 나는 정치적 이해득실을 앞세운 무책임한 정치인들과 돈벌이에 눈먼 사람들이 결합한 사기극이라고 비난했지만 그게 다였다. 취업 정보도 흘려듣는 판에 먼 동네의 허황된 뜬소문이 귀에 들어올 리 없었다.

본격적으로 취업을 준비하면서 어머니와 나는 전화로만 얘기했고 그마저도 점차 뜸해졌다. 어머니는 쉽게 양해했다. 노량진 학원 근처에서 사 먹은 컵밥과 새로 사들인 교재, 수강생으로 빽빽한 교실을 사진으로 찍어 보내면 어머니는 서먹해서 다정하게 구는 것처럼 판에 박힌 응원 메시지를 보내왔다.

시간이 걸리긴 했지만 결국 취업했다. 계약직이었는데 그런 방법이 아니라면 아예 시작할 도리가 없었다. 어머니는 유난스럽게 축하하지도 딱히 서운해하지도 않았다. 시간이 오래 걸려서, 지나치게 평범한 회사의 계약직이어서, 애초에 목표한 공무원이 아니어서 그런 것은 아니었다. 타고난 느긋함으로 언젠가 정규직이 되리라 여겨서도 아니었다. 어머니는 다른 일에 정신이 팔려 있었다. 내 얘기가 끝나자마자 어머니는 조금 쑥스러운 투로 자신은 얼마 전부터 다른 사람의 아이를 돌보고 있다고 고백했다. 나는 웃었다. 어머니도 웃어주었다. 예나 지금이나 어머니는 내가 웃어야 따라 웃었다. 어린 시절에 어떻게 하면 어머니를 웃길지 궁리한 적이 있었다. 도무지 웃지 않는 어머니가 나를 짐짓 지루해하지 않을지 불안했다. 내가 일부러 우스꽝스러운 표정을 하거나 텔레비전 프로그램의 개그맨을 흉내내면 어머니는 조금 웃어주었지만 그런 때가 아니면 먼저 웃는 일은 없었다. 어머니는 항상 남들이 웃고 난 후에야 웃음을 지었다.

어머니가 양육에 재능이 있다는 생각은 조금도 들지 않았다. 내 뼈와 살이 단단히 여물게 키워냈지만, 스스로 밥벌이를 하는 사회인이 될 때까지 지켜보았지만, 어떤 점에서 그건 시간과 함께 저절로 그리된 것이었다. 하지만 그것도 재능이라면 재능이었다. 어머니 역시 어머니라는 것에 대해 잘 몰랐기 때문에 나를 그저 자기 중심성을 갖춘 인간으로 대하며 항상 스스로 결정하도록 해주었다.

한동네에서 오랫동안 미용실을 운영하다보면 사람들 머리보다 소문이나 말을 만지는 일이 많았다. 미용실에는 늘 사람이 많았고 그것은 어린 시절 나를 어머니와 함께 있지 못하게 했지만, 어머니가 좋은 평판을 받고 있다는 느낌을 주기에는 충분했다. 어머니는 누구에게든 수다스럽게 자신에 대해 털어놓는 법이 없었다. 개인적 문제나 불운이라 여기는 것을 스스로 조용히 해결해왔다. 과묵함은 미용실에 모이는 여자들이 중요하게 여기는 덕목이었고 아이만큼은 그 정도로 믿을 만한 사람에게 맡기고 싶었을 것이다.

집으로 내려가겠다는 나를 만류하고 서울로 올라온 어머니는 무척 야위어 있었다. 저녁을 먹는 둥 마는 둥 하고는 곧장 내려가겠다고 했다. 아이를 돌보는 일에 집수리 문제가 겹쳐 있었다. 내가 아이 때부터 살던 집은 늘 배관이 문제였다. 얼마 전 드디어 오래된 관이 파열되었고 이참에 어머니는 집을 완전히 갈아엎을 작정이라고 했다. 공사비와 기간이 상당했지만 어쩔 수 없었다. 파보니까 그냥 다 헛것이더라고. 어머니가 대합실 의자에 앉아 타야 할 버스가 대기 선 가까이 들어오는 것을 보며 중얼거렸다.

직장을 다니는 동안 빚이 불어났다. 여러 번 같은 실수를 했다.

학자금을 갚으려는 생각에 다소 설불렀다. 팀장과 정규직 선배들은 시간이 날 때마다, 점심을 먹을 때나 회의 시작 전, 엘리베이터를 기다리는 중에도 그 회사의 미래가 얼마나 유망한지 얘기했다. 나중에 생각해보니 그들도 모두 귀동냥으로 들은 정보여서 서로 확신을 나누는 시간이 필요했을 것이다. 신약 개발 가능성이 높은 회사였는데, 실제로 얼마 전 한 경제지에 약품 개발에 거의 성공했다는 기사가 보도되기도 했다. 나에게는 결단을 내려야 할 시점이라는 판단이 있었다. 막상 일을 시작하고 보니 정규직 전환은 꿈도 꿀 수 없었고 계약 갱신 여부도 불투명했다. 일을 때려치우고 다시 가망 없는 공무원시험 준비에 매달리거나 회사에 다니는 동안 빚이라도 청산해야 했다. 얼마 후 그 회사의 약품 성분 중 하나가 향정신성의약품으로 지정되었다는 기사가 났다. 주가가 곤두박질치고 나서 보니 실제로 투자한 사람은 처지가 같은 계약직 동기와 나뿐이었다.

회사에 취직한 줄 알았더니 다단계에 빠진 기분이라고 동기가 울먹였다. 다행히 그에게는 학자금 대출금은 없었다. 나로 말하자면 학자금 대출금에 투자를 위해 끌어모은 대출금이 더해져서 빚이 상당해졌다. 얼마 후에는 이자와 원금 일부를 갚지 못하는 일이 벌어져 급한 대로 저축은행을 이용했다. 어머니와 통화할 때면 돈 얘기를 꺼내게 될까봐 농담을 했고 별것 아닌 일에 크게 웃었다. 내게 뭔가 문제가 있다는 것을 들키고 싶지 않았다. 어머니는 하루종일 아이를 따라다니느라 지친 와중에도 나를 따라 웃어 주었다. 그러나 의식할 정도로 통화는 뜸해졌다. 어머니는 남의 아이를 돌보느라 진이 빠져 있었고, 나는 상환을 재촉하는 전화에 질려 휴대전화의 전원을 꺼두는 때가 많았다.

아직은 괜찮았다. 인생이 출발한 최초의 장소에 해결책이 있으리라 여겼다. 어머니에게는 작은 건물이 있고, 그간 건물 호가는 상승했을 것이다. 그게 아니더라도 거기에서 꾸준히 나오는 월세는 언젠가 내 것이 될 터였다. 재산을 가진 사람은 매년 얼마만큼의 이익이 나는지 정확하게 계산하는 법이니 어머니도 그럴 것이다. 동기가 겁없이 높은 이자로 대출을 받은 내게 캐물어 간단히 사정을 들려주자 상속자라며 나를 놀렸다. 동기나 나나 농담을 오래 즐길 여유는 없었다. 사내에 소문이 퍼지기 시작했다. 상환 담당자가 사무실로 전화를 걸어왔기 때문이다. 담당자는 이후로도 법에 저촉되지 않는 범위 내에서 정중히 전화를 걸어오다 급기야 곧 회사로 방문하겠다고 통보했다.

그 무렵 경찰에게서 전화가 걸려왔다.

두번째 기억은 가위에 관한 것이다. 어머니가 미용실 의자에 나를 앉히는 때는 손님이 가장 없는 월요일 오전이었다. 가게 유리창에 걸린 구슬발을 통과한 햇살이 미용실 바닥에 색색으로 그림을 그렸다. 의자는 어린 내가 앉기에 다소 높고 회전축이 고정되지 않아 자꾸 몸이 옆으로 돌아갔다. 어머니는 몸이 돌아가지 않도록 한쪽 팔로 내 가슴을 누르고 다른 손으로 가위를 잡았다. 어머니가 가위를 쥔 오른손을 이마에 가져다대면 나는 참았던 울음을 터뜨렸다. 그러는 동안에도 이마에 닿은 가위는 기분 나쁜 마찰음을 내며 왼쪽에서 오른쪽으로 아주 조금씩 천천히 이동했다. 잘린 머리카락이 얼굴에 닿아 따끔했다. 어머니는 버둥대지 못하도록 나를 더욱 세게 눌렀다. 그렇게 하지 않았더라도 나는 바짝 경직되어 있어서 몸을 뒤틀거나 발버둥을 치지는 못했을 것이다. 가윗날은 뒷덜미를 거쳐 이내 귓불 근처에 닿았다. 귀를 다칠지도 모른다는 생각에 겁을 먹었다. 가위를 든 사람이 어머니라는 사실도 두려움을 누르는 데 도움이 되지 않았다. 조금만 두려움을 버리면 그 순간은 곧 지나가고 잠시 간지러울 뿐이라는 걸 알아차렸을 테지만 그러지 못했다.

그 일이 끝나면 어머니는 가위를 내려놓고 잘린 머리카락과 눈물로 범벅이 된 내 얼굴을 두 손으로 감싸안았다. 보통 때처럼 어머니의 커다란 손에서 온기와 부드러움이 느껴졌다. 어머니는 내 얼굴을 감싸고 잘생겨졌다거나 용감하다고 칭찬했다. 그러고 나서는 가윗날에 묻은 잔 머리카락을 맨손으로 쓸어 미용실 바닥에 버렸다. 미용실을 운영하는 동안 어머니는 가위를 여러 번 바꾸었다. 그때마다 제일 처음으로 내 머리를 잘랐다. 길이 들지 않은 가위 때문에 실수를 해도 문제될 리 없어서였다. 게다가 사내아이였으므로 짧고 단정한 머리는 언제나 이득이었다. 어머니는 예전부터 쓰던 가위들을 융단에 싸 화장대 서랍 한쪽에 유물처럼 간직했다. 미용실을 폐업할 때 가장 먼저 챙긴 물건도 가위였다. 그중 하나로 어머니가 사람을 찔렀다고 했다.

경찰에 따르면 어머니는 돌보던 아이에게 지속적으로 폭력을 행사해왔고 그 아이의 아버지 윤에게 상해를 가했다. 아이 팔목에 남은 시뻘건 손자국과 등의 멍자국을 찍은 사진, 어머니가 아이 팔목을 세게 끌어당기는 장면이 녹화된 CCTV 영상이 증거로 제출되었다. 어머니가 남자에게 가위를 마구 휘두르는 장면이 찍힌 영상도 있었다. 경찰이 그것을 보여주었다. 상해를 입었다는 윤의 집 거실에서 촬영된 영상이었다. 화면 속에서 윤과 마주앉아 있던 어머니는 갑자기 가방에서 가위를 꺼내 움켜쥐었다. 윤이 일정한 거리를 유지하며 재빨리 물러섰다. 그게 오히려 위협이 된다는 듯 어머니는 윤에게 가위를 휘둘러댔다. 윤을 겨냥한다기보다 스스로를 방어하고자 무작정 휘두르는 느낌이었다.

경찰과 함께 병원에서 어머니를 만났을 때, 어머니는 억울함을 호소하거나 서러워 눈물을 흘리기는커녕 내가 있는 쪽으로 눈길 한 번 돌리지 못했다. 경찰이 들이닥쳤을 때 정신을 잃고 쓰러졌다 깨어난 후로 아예 입을 닫아버렸다고 했다. 의사의 계속된 시도로 어머니는 간신히 내 쪽을 보았으나 숫제 나를 알아보지도 못하는 듯했다. 간혹 탄식을 내뱉었는데 그마저도 의미 없는 숨소리로 들렸다. 의사는 여러 검사 결과를 보여주며 어머니가 신체적 심리적 치료가 필요한 시기를 지났다고 설명했다. 어머니는 허약해질 대로 허약해진 채 말로 해야 겨우 알 만한 것들에 침묵으로 맞서고 있었다.

어머니가 켜놓은 유도등에 의지해서 이 일을 알아가야 했다. 집을 둘러보면 유도등을 찾을 수 있지 않을까 하는 생각에 병원에서 나와 집부터 들렀지만 현관 디지털 도어록의 비밀번호가 바뀌어 있었다. 열쇠공에게 도움을 청하려다 무심결에 초인종을 눌러봤다. 소리가 퍼지자 안에서 누구냐고 묻는 소리가 들려왔다. 잠시 후 현관 철문 사이로 낯선 사내가 보였다. 그는 내가 너무나 잘 알고 있는 낡고 오래된 집에서 파자마 차림으로 걸어나오고 있었다. 육십이 조금 넘었을까 싶은 사내였다. 그 역시 문틈으로 나를 보았고, 이런 일이 있을 줄 알았다는 듯 별로 놀라지도 않고 "아들인가 보구만" 하고 중얼거리더니 문을 열어주었다.

이 도시는 규모에 비해 인구수가 적은데, 오랫동안 서울에서 생활해온 탓에 그게 넓게 분포된 산림 때문이라는 것을 잠시 잊고 있었다. 주민들은 오래된 집성촌처럼 평지에 옹기종기 모여 생활하고 있어 어떤 얘기라도 곧 동네 전체로 퍼져나갔다. 어머니가 오늘 아침 가위를 휘둘렀다면, 그것을 본 목격자가 있다면, 목격자가 없더라도 누구라도 경찰차를 보았을 테니 정오 무렵이면 번화가에서 장사를 하는 사람과 그 가족들부터 그들을 친구로 둔 사람들과 아무 연고 없이 그저 잠깐 지나가는 사람들까지 모두 그 사실을 알게 되었을 터였다. 그러니 "아들인가보구만" 하고 내뱉는 소리에서 이미 그가 안면 없는 나에 대해 알고 있으며 지금의 어머니에 관해서 나보다 훨씬 할 얘기가 많으리라 짐작할 수 있었다.

나는 그 남자에게 왜 남의 집에 있느냐고 물을 기회를 놓쳤다. 그렇게 하지 않아 다행이었다. 안쓰러운 표정을 지으면서도 방어적으로 팔짱을 끼는 남자를 보고 나는 이 집이 더는 어머니의 집이 아니라는 것을 받아들였다. 그것이 사실인지, 언제 그렇게 되었는지는 지금 당장 확인할 도리가 없었다. 내가 알아보겠다고 하면 남자는 안으로 들어가 소유를 입증할 몇 종의 서류를 손쉽게 가져올 것이다. 그러기 전에 나는 취해서 옛집에 들른 것인 양 비틀거리며 집 앞을 벗어났다. 일부러 비틀거린 것은 아니었다. 실제로 쓰러질 듯한 기분이었다.

골목 끝에서 기운을 내고 겨우 휴대전화를 꺼내 팀장에게 전화를 걸었다. 추심 담당자가 사무실을 방문해서 부서 사람들이 나에 대해 알게 된 것은 아닌지 덜컥 겁이 났다. 더불어 이 일을 이해하려면 시간이 걸릴 테니 회사에 양해를 구해야 한다는 생각도 들었다. 막상 팀장의 전화번호를 누를 때는 그에게 당장 직장을 그만두겠다고 말하고 싶어졌다. 그러나 팀장의 목소리를 듣는 순간, 퇴근시간이 지났음에도 불구하고 평온한 말투로 무슨 일이냐고 묻는 목소리를 듣는 순간, 하루 더 연차를 내도 되느냐고 허락을 구했다. 팀장은 흔쾌히 그러라고 했다. 무슨 일인지 모르지만 잘 해결하고 오라고 덧붙였다. 나는 얼버무리며 전화를 끊지 않았다. 팀장의 목소리가 상기시킨 평온하고 무탈한 세계에 남고 싶었다. 부채와 내막을 알 수 없는 폭력으로부터 달아나고 싶었다. 동시에 내일 하루만 더 회사에 출근하지 않으면, 이 도시에 남아 있으면 저절로 모든 일이 해결되리라는 터무니없는 바람도 생겼다.

전화를 끊고 나자 팀장의 흔쾌한 목소리가 묘하게 거슬렸다. 무슨 일인지 물어보지 않은 게 못마땅했다. 호통을 치거나 잔소리를 했다면, 일이 얼마나 밀렸는지 아느냐고 싫은 소리를 했다면, 나는 마땅히 할일이 있고 누군가와 연결된 사람이라는 느낌이 들었을 것이다. 그러나 팀장이 지나치게 흔쾌하여, 모르는 사람에게 관용을 베푸는 듯하여 전화를 끊고 나니 좀더 외로워졌다.

모텔에 투숙한 후에도 좀처럼 잠을 잘 수 없었다. 눈을 감으면 곯아떨어질 것만 같은데, 바로 그 때문에 잠들고 싶지 않았다. 아침이 되어 그동안 내가 모르던 일들을 알아간다는 게 두려웠다. 어머니가 왜 집을 잃고도 내게 한마디도 하지 않았는지, 왜 배관공사를 핑계로 나의 방문을 막았는지, 그 모든 일이 언제부터 시작되었는지 알아가야 했다. 내가 그랬듯이 어머니는 곧 실수를 만회하고 모든 일을 원래대로 돌려놓으리라 믿었을 것이다. 내가 그랬듯이 그것이 어떻게 끝날지는 몰랐을 것이다. 그럼에도 한편으로 깊은 안도감이 느껴졌다. 길고 긴 하루가 드디어 끝났다는, 내

생애 가장 두렵고 외로운 하루가 드디어 어둠 속으로 사라져버렸다는 안도감이었다.

다음날 윤을 만나러 병원으로 가는 동안 나는 누군가 내게 어머니에 관해 먼저 얘기해줄지도 모른다고 기대했다. 어머니는 이 도시에서 수십 년간 살아왔고, 이 도시를 기반으로 돈을 모았으며 나를 키워냈다. 그러나 딱히 찾아가 만나야 할 사람이 떠오르지 않았다.

전날 경찰은 사건의 경위를 뒤죽박죽 얘기해주었다. 나는 어머니에게 배운 오랜 습관대로, 어떻게 된 일인지, 왜 그렇게 되었는지 하는 것들을 번번이 경찰에게 물었다. 그때마다 경찰은 "보다시피 어머니가 아이를 폭행하고 가위로 사람을 찔렀어요"라고 말하거나 "아직은 모릅니다"라고만 대답했다. 나로서는 여전히 그 일이 잘 믿어지지 않아서 계속 같은 질문을 던졌다. 어머니가 맡아 키우던 아이를 일부러 다치게 하고 아이 아버지에게 상해를 입혔다는 얘기를 과연 누가 제대로 이해하겠는가.

그런 일이 실제로 일어났다면 도대체 그 사람은 어머니에게 무슨 짓을 저지른 걸까. 어머니가 도저히 참을 수 없는 일의 결과로 아이와 윤이라는 남자에게 상해를 가했다면, 그렇게 되기까지 무슨 일이 있었을까. 윤은 거실에 CCTV를 설치해두면서까지 왜 어머니에게 아이를 맡겼을까. 어머니가 늘 하던 질문을 거꾸로 묻는

다면 가위를 휘두르기 전에 무슨 일이 있었을까. 어머니는 무슨 이유로 윤을 두려워했을까.

그 질문에 대답한 사람은 윤이었다. 그는 나보다 고작 네댓 살 많아 보였다. 품이 낙낙한 환자복을 입고 있어서 더 어려 보였는지 침대 발치의 명찰에 적힌 나이는 열 살이나 위였다. 경찰에게 듣기로는 전치 육 주의 부상이라고 했다. 상해를 입었다고는 해도 누운 김에 쉬어가자는 표정일 뿐이어서 통증이나 고통은 전혀 찾아볼 수 없었다. 아마도 어머니가 휘두른 가위에 팔뚝이나 허벅지를 가볍게 스치거나 얕게 베인 정도일 것이었다.

윤이 무슨 얘기부터 해야 할지 모르겠다는 듯 한숨을 내쉬자 옆 침대 환자가 분위기를 의식하고 자리를 떴다. 윤은 소도시에 떠돌던 개발에 대한 소문부터 얘기했다. 어머니는 개발 예정지를 사려고 건물을 담보로 많은 액수의 돈을 빌렸고 이웃들에게 그 일을 권하고 설득했다. 순진한 윤의 아내 역시 어머니와 함께 지분을 나눈 후 거대한 재개발의 신화를 향해 뛰어들었다. 개발에 대한 얘기가 몇몇 협잡꾼에 의해 조작된 소문임이 밝혀지기도 전에 어머니는 가지고 있던 집과 건물을 잃었고 어마한 액수의 빚이 생겼다. 윤도 경제적 손실을 입었지만 오래된 의리로 할 수 없이 어머니를 거뒀다. 그가 말한 의리란 어머니가 형편을 봐주려 미용실에 그의 아내를 고용한 일을 가리켰다. 나는 어머니가 미용실에서 사람을 부리면서 결산 문제로 골머리를 앓았다는 걸 떠올렸지만 어떤 대꾸도 하지 않았다. 어머니가 윤의 아이를 돌보는 중에 아이 몸에 자꾸 멍이 드는 게 수상쩍어 거실에 CCTV를 설치했는데 거기에 어머니가 아이의 팔목을 당기는 모습이 찍혔다고 했다.

윤의 말이 끝나기를 기다려 나는 조금 웃었다. 윤은 웃지 않았다. 내 웃음에 윤이 얼굴을 찡그리거나 말을 덧붙여 설득하려 했다면 기분이 나아졌을 것이다. 윤은 반응을 예상한 듯 그저 안타까운 표정으로 나를 지켜봤다. 윤에게서 어머니가 집뿐만 아니라 오래전 운영하던 미용실과 미용실이 있던 건물과 당연히 그 건물에서 나오던 세까지 모두 잃었다는 것도 들었다. 무엇보다 사람들이 어머니의 정신이 예전부터 온전치 못했다고 주장한다는 것을 알았다. 크게 놀라지는 않았다. 어제 어머니 집을 차지한 낯선 남자를 보고 그것이 어머니에게 일어난 일의 시작에 불과하리라고 짐작해서였다.

윤이 건조한 투로 몇 가지 이야기를 덧붙였다. 어머니가 투자를 위해 동네 사람들을 어떻게 설득했는지, 그 과정에서 피해를 입은 사람들이 몇 명인지, 그들이 어머니에게 어떤 원망을 품고 있는지에 대해서였다. 어머니와 함께 토지 매매에 열을 올린 사람들은 모두 미용실 주변에서 고만고만한 가게를 운영했다. 그 일로 그들 역시 외지인에게 속아 집을 잃거나 가게를 내놓았다. 윤은 슬그머니 내 눈치를 보더니 그 외지인 중 하나가 어머니와 친밀한 사이라고 덧붙였다. 말을 고르느라 조심했기 때문에 의도가 바로 드러났다. 그가 누구냐고 묻자 대뜸 권이라는 이름을 댔다. 권은 이 도시 소재의 공사 임원으로 장성한 아들을 둔 유부남이라고 했다. 어머니와의 관계가 알려지면서 어머니보다 먼저 곤욕을 치렀다는 말도 덧붙였다.

나는 또 한번 웃었다. 윤이 나를 따라 웃었다. 이번에는 윤이 웃어서 기분이 나빠졌다. 믿을 수 없기는 윤 역시 마찬가지인 모양이었다. 어머니에 대한 험담이나 소문을 자식에게 털어놓아야 하는 곤경 때문일 수도 있었다.

가위를 휘두른 순간 무슨 얘기를 나누고 있었느냐고 묻자 윤은 어머니에게 권과의 관계에 대해 넌지시 타일렀다고 했다. 그 얘기를 들은 어머니는 발끈했고 마치 실성한 사람처럼—윤은 그 말을 하고 나서 곧장 내 눈치를 보고는 '잠깐 정신이 나간 듯'이라고 말을 바꾸었다—가방에 있던 가위를 꺼내 마구 휘둘렀다. 그렇지 않아도 그간 아이의 몸에 난 멍자국을 수상쩍게 여기던 윤과 윤의 아내는 어머니의 갑작스러운 행동에 몹시 놀랐고, 더이상 참아서는 안 된다고 판단하여 경찰에 도움을 요청했다.

만약 내가 어머니에게 재정적 곤경을 순조롭게 털어놓았다면, 사무실로 추심 담당자가 들이닥치기 직전이라고 말했더라면, 어머니 역시 아들이 처한 상황을 믿을 수 없어 웃었을 것이다. 대학 시절부터의 빚이 그 정도로 불어났다는 말을 믿지 못했을 것이다. 내 아들이 그럴 리 없다고 부인했을 것이다. 생각해보면 어머니와 나는 서로에 대해 아는 바가 많지 않았지만 언제나 사이가 괜찮았다. 어떤 사람인지는 중요하지 않았다. 어머니와 아들이라는 것으로 충분했다. 정확히 모르는 채로 나는 막연히 어머니의 삶은 소박하고 규칙적이며 질서가 잡혀 있다고 믿어왔다. 젊은 시절 어머니의 삶이 미용실과 집을 둘러싸고 비슷한 일과 사건들의 반복으로 이루어졌던 것처럼 이제는 아이를 돌보는 시간과 그렇지 않은 시간이 어머니의 삶을 정연하게 나누리라 생각해왔다.

육아에 대해 어머니는 규칙이 많은 시간표를 따르는 일이라고 말한 적 있었다. 정해진 일과를 정해진 순서대로 하면 된다는 것이었다. 아침 여덟시 무렵에 아이의 집으로 가서 유치원 버스 시간에 맞춰 아이를 아파트 정문으로 데려다주는 것이 어머니의 첫 번째 일과였다. 그후의 일과 역시 아이를 돌보는 사람이라면 할 법한 일들로 채워졌다. 하원 시간에 맞춰 아이를 데리러 가고, 아이의 부모가 여러 차례 간섭한 끝에 합의에 이른 유기농 재료로 간식을 만들어 먹이고, 방문교사가 도착하면 학습지도를 받게 하고, 요일에 따라 아이를 피아노와 발레, 미술 학원에 데려다주고 다시 집으로 데리고 왔다.

그런 것뿐이라고 어머니는 줄곧 말해왔다. 까다롭고 신경이 쓰이는 일이라면 내가 말릴 것이라고 여겼는지 단순하고 편한 일이라고 반복적으로 말했다. 예나 지금이나 나는 어머니가 정한 일에 대해 쉽게 수긍했다. 게다가 어머니와 나의 공간은 더이상 합쳐질 수 없다고 생각해온 터라 홀로 지내는 어머니의 삶을 느긋하고 다정하게 만드는 것이라면 무엇이든 지지하려 했다.

내가 아는 어머니의 모습이 있었다. 아이 때부터 줄곧 대고 누운 무릎과 내 머리를 자르던 다정하고 서툰 가위질, 매번 조미료에 의지해 간을 맞추던 요리 솜씨, 미용실에서 동네 아주머니들에게 둘러싸여 조용히 웃던 모습 같은 것들. 어두워진 저녁, 천천히 허리를 구부려 바닥에 쌓인 머리카락을 쓸어 모을 때면 한없이 어두워지고 딱딱해지던 얼굴을 기억했다. 나는 늘 이 정도의 어머니에 만족해왔다.

병원에 틀어박힌 채 아들을 알아보지도 못하고 도통 입을 열지도 않는 어머니를 보면서 나는 그 시간표 중 어느 지점이 먼저 일그러졌는지, 어머니 삶에 어떤 틈이 생겼는지 곧 알게 되리라는 두려움에 빠졌다. 겁이 났다. 이제부터 내가 알아가야 하는 사람이 다른 누구도 아닌 어머니라는 사실 때문이었다.

공사에 근무하는 권은 만날 수 없었다. 전화를 걸면 회의중이었고 약속 없이 찾아가자 외근중이라고 했다. 기다려도 만날 수 없다는 걸 눈치챌 만한 정보였다. 권은 자신을 찾는 낯선 사람이 누구인지 충분히 짐작하는 듯했다. 나를 피하는 게 분명했다. 나로서도 권에게 들어야 하는 얘기가 두렵기는 마찬가지여서 무턱대고 권을 기다리거나 비서를 뿌리치고 사무실 문을 열어볼 용기를 내지 못했다.

오후에는 등기부등본 등 몇 가지 서류에 기재된 내역을 확인하는 일로 시간을 보냈다. 건물 소유권 이전은 벌써 몇 해 전에 일어났다. 내가 군대를 다녀와 복학한 후 영화나 음악같이 딱히 취미도 아니고 돈벌이와도 상관없는 일에 재미를 붙여갈 무렵이었다. 은행 계좌는 확인해보지 않았는데, 그럴 필요가 없어서였다. 지금까지 알아본 내역만으로도 어머니는 모두 잃은 것이나 마찬가지였다. 그러기까지 분명 착오가 있었으리라. 어머니의 유일한 실수라면 판단력이 충분치 않았다는 것이었는지도 모른다. 누군가 적극적으로 개입했을 수도 있다는 의미였다. 그 사람은 권일 수도 있었고 윤일 수도 있었다.

서류상으로 명백하게 계산이 끝난 일을 확인하자 몹시 피곤하고 졸렸다. 파산을 했건 어찌되었건 내일이면 다시 출근해야 한다는 사실이 나를 괴롭혔다. 어딘가 갈 곳이 있다는 생각으로도 마음이 편해지지 않았다. 피로가 나를 무너뜨리기 전에 몇 가지 해야 할 일의 우선순위를 정했다. 우선 윤에게 사과하고 합의로서 관용을 부탁할 작정이었다. 이상하게 갈수록 차분해졌다. 오래전에 파산을 경험해본 기분이었다.

다시 윤을 찾아가기 앞서 어머니 병실로 갔다. 병실 앞 의자에 익숙한 얼굴의 아주머니가 앉아 있었다. 어린 시절 내가 이모라고 부른 이웃이었다. 이모를 보는 순간 왜 먼저 그녀를 떠올리지 못했는지 미안할 지경이었다. 이모는 나를 발견하고는 뛰듯이 다가

와 덥석 손을 잡았다. 이모가 울음을 터뜨릴지도 모른다는 생각에 나 역시 눈가가 조금 붉어졌다. 어머니를 만나러 온 사람이, 말 많고 소문 내길 좋아한다며 어머니가 거리를 둔 이모라는 것이 다소 의외였지만 이곳에 내려와 처음 받는 환대가 반갑고 고마웠다.

이모는 울지 않았다. 마른 눈가로 나를 훑어보고는 괜찮으냐고 물었다. 나는 고개를 끄덕이는 것으로 대답을 대신했다. 어머니를 보러 와줘서 고맙다는 말도 나오지 않을 만큼 지쳐 있었다.

나를 곁에 앉히고 손을 계속 쓰다듬으며 이모가 입을 열었다. 쉬어본 적 없는 노동과 그럼에도 빠듯한 생계와 형편이 나쁜 아들 내외에 대해서였다. 나는 그저 들었다. 어머니 얘기 같아서 어떤 대목에서는 마음이 아파왔다. 이모는 잠시 말을 멈추었고 다시 힘껏 내 손을 쓰다듬었다. 뭔가 하려는 말이 더 남은 모양이어서 나는 이모가 마음껏 얘기하도록 두었다. 이모는 이번에는 어머니를 둘러싼 소문이나 험담, 어머니가 만났다고 하는 남자에 대해 얘기했다. 말릴 틈이 없을 정도로 그녀의 말은 쉴새없이 이어졌다.

"내가 그만두랄 때 그만뒀어야 해."

이모가 한숨을 내쉬었다. 내가 아무 대꾸도 하지 않자 잡은 손에 힘을 주며 그때 그만뒀어야 했어, 라고 말하고는 슬쩍 눈치를 봤다. 그녀에게 잡힌 손에 땀이 고였다. 이쯤에서 이모를 멈추게 해야만 했다. 일의 우선순위와 상관없이 일단 서울로 올라가고 싶어졌다. 곧 처분해야 할 테지만 아직은 명백히 내가 임차인으로 되어 있는 오피스텔에서 쉬고 싶었다.

"그때가 언제예요?"

이야기를 끝내기 위해 되묻자 이모는 흡족한 듯 낮은 소리로 웃었다.

"너 대학 간 다음이라 몰랐지? 사방에서 여자들이 몰려와서 미용실 의자랑 파마 기계를 때려 부수고 난리도 아니었다. 그래서 미용실 문도 닫은 거다. 장사만 할라치면 여자들이 찾아오고, 또 찾아오고, 떼로 몰려오고…… 살다 살다 그런 난리는 처음이었다. 그러다 싸움도 나고 그랬는데 네 엄마가 밀치는 바람에 한 여자 이마가 찢어졌어. 합의금이 꽤 들었다."

나는 묵묵히 바닥을 쳐다보았다. 피로감 때문에 눈을 뜨고 있기 힘들었다.

"내 돈이었다, 그거."

나를 뚫어져라 바라보는 이모의 시선이 느껴졌다. 이모는 내가 자신을 바라보도록 잡은 손에 힘을 주어 끌어당겼다.

"그 세월이 얼마냐. 이자는 한푼도 안 붙였다. 네 엄마야 꼬박꼬박 이자를 준다고 했지. 처음엔 주긴 줬다. 곧 흐지부지됐다. 이자 줄 돈이고 뭐고 다 날렸으니 그랬겠지. 그 돈, 아직 못 받았다."

이모가 내게 손을 내미는 것 같았다. 당장 내놓으라는 듯이. 아니었다. 나를 빤히 보기만 했다. 절대로 물러서지 않을 눈빛이었다. 명함을 받아 거기에 내 주민등록번호를 적어두고, 명함에 적힌 번호로 전화를 걸어 내가 받는 것을 확인한 후에야 이모는 병실 앞에서 물러났다. 맞은편 의자에 앉아 있던 경찰이 딱한 눈빛으로 나를 쳐다보았다. 나는 경찰의 눈을 피하기 위해 방금 이모의 전화를 받으려고 전원을 켠 휴대전화를 들여다봤다. 저축은행과 추심 담당자에게서 몇 통의 문자가 와 있는 것을 제외하고 어디에서도 연락은 없었다.

경찰이 고맙게도 슬그머니 몸을 일으켜 어디론가 가주었다. 나는 병실에 들어가 우두커니 선 채 먼 곳으로 달아나버린 어머니를 내려다보았다. 어둠이 어머니의 얼굴을 검게 물들였다. 표정이 굳긴 했지만 어머니는 평안히 잠들어 있었다. 어머니가 가고자 했던 곳이, 멈추려던 곳이 어디인지, 날카로운 가위를 휘두르면서까지 지키려고 했던 것이 무엇인지 알 수 없었다. 그럼에도 윤에게 가위를 휘둘렀을 때, 어린아이의 팔뚝을 세게 움켜쥐었을 때, 어머니에게 남은 것은 상처 입은 마음과 가위뿐이었으리라는 것을 막연히 이해했다.

어머니가 몸을 뒤척이며 가벼이 한숨을 내쉬었다. 의사의 말대로라면 어머니는 건강을 회복하지 못할 가능성이 컸다. 고통을 가라앉힐 진통제를 맞고 빨대나 찻숟가락으로 겨우 음식을 받아먹고, 누군가에게 의지해 움직이고 기저귀를 사용해야 할지도 몰랐다.

나로 말하자면 어머니보다 긴 생을 남겨놓았고, 그 시간을 빚을 갚는 일에 투신해야 했다. 얼마 지나지 않아 나는 어머니의 과거에서 쓸모 있다 여겨지는 것들로 어머니를 이해하려는 노력을 관둘 것이고, 결국에는 어머니를 미워하고 알 수 없는 대상에게 화를 낼 것이고, 이내 모두 포기하고 싶어질 것이다. 그런 우리의 미래에도 불구하고 어머니는 지금은 살아 있다는 듯 가벼이 숨을 내쉬었다.

나는 무슨 말인가 하고 싶었다. 어머니와 나에게 적절한 말을, 다른 사람에게는 별것 아니지만 우리에게는 얼마간 안심이 되는 말을 생각해내고 싶었다. 애를 썼지만 쉽게 떠오르지 않았다.

대신 오래전 기억이 떠올랐다. 어머니가 내게 책을 읽어주다 깜빡 잠든 일이었다. 나는 어머니가 내려놓은 책을 들고 아무렇게나 이야기를 지어냈다. 강물 속으로 걸어들어가는 소년이 그려진 책이었는데, 그애가 물고기가 되었다고 말했다. 어머니가 눈을 뜨더니 "그래서 어떻게 됐어?" 하고 물었다. 나는 물고기가 강을 타고 흘러갔다고 대답했다. 나는 그게 틀렸다는 걸 알았고 제대로 글자를 읽지 못해 어머니를 실망시켰다고 생각했다. 하지만 어머니는 미소를 짓고는 "그랬구나. 물고기가 왜 그랬어?" 하고 물었다. 나는 더듬거리며 강을 좋아해서라고 대답했다. 그러자 어머니가 웃음을 터뜨렸다. 나는 우스꽝스러운 표정으로 어머니를 따라 웃었다. 어머니가 나를 안아주며, 흘러가는 건 다 좋은 거라고, 좋은 건 다 흘러간다고 말했다.

나는 곤히 잠든 어머니를 깨워 그 얘기를 해주고 싶어졌다. 무엇보다 그때 웃음을 터뜨린 어머니가 얼마나 환했는지 말해주고 싶었다.

미래의 끝

부모는 바깥에 있는 사람이었다.

집에는 나뿐이었다. 집은 좁은 골목 끝에 있었는데, 아이들이 그리로 우르르 몰려왔다가 깨진 보도블록을 밟으며 다시 요란하게 빠져나가는 소리가 들렸다. 친구가 없는 건 괜찮았다. 할일이 있어서였다. 혼자 있을 때만 할 수 있는 일이었다.

학기가 끝난 후 갑작스럽게 이사를 오면서 친구들과 멀어졌다. 이렇게 헤어지면 다시 만날 수 없다는 걸 여러 번의 경험으로 알고 있었다. 헤아려본 바로 학교에 입학한 후 주소가 여덟 차례나 바뀌었다. 부모는 사정을 설명해주는 법이 없어서 집의 생김새나 동네 분위기로 이사의 의미를 짐작하곤 했다. 대개 부모가 새로운 지역에 일자리를 구했거나 허둥지둥 짐을 꾸려야 할 만큼 형편이 나빠져서였다.

이번에는 일 때문인 것 같았다. 아빠가 "앞으로는 다 잘될 거다" 하고 말해서였다. 엄마는 대꾸하지 않았다. 그간 아빠는 여러 건설 현장을 돌며 일용직으로 일해왔는데, 여기서는 건물을 짓는 일도 하고 현장을 관리하는 책임도 맡는다고 했다. 아직 공사가 시작되지 않았지만 아빠의 목소리는 잔뜩 들떠 있었다. 어찌나 들떴는지 벌써 형편이 좋아진 듯 굴었다. 책꽂이가 달린 책상과 활자가 촘촘해서 읽기 힘든 세계문학 전집을 사줬다. 몸이 튼튼해야 한다면서 원기소도 사줬다. 몸과 마음의 균형, 그게 아빠가 생각하는 성장이었다.

아빠도 그렇지만 엄마도 더 바빠질 예정이라고 했다. 현장에서 일하는 사람들에게 엄마가 점심밥을 해주기로 했다. 그렇게 해야 일 잘하는 사람을 모으기 쉽고 밥값도 아끼고 일하는 시간을 늘려서 건물을 좀더 빨리 지을 수 있었다. 그러면 인건비가 줄어 아빠가 챙기는 돈이 늘었다.

엄마는 새벽에 아빠와 함께 나가서 일을 한 다음 인부들에게 점심을 차려주고 다시 일을 하다가 오후에 간식을 준비해주고 다저녁이 되면 빈 그릇들을 들고 아빠와 돌아왔다. 집에 돌아온 아빠는 텔레비전을 보며 그날 일한 인부들의 이름과 일당을 노트에 적어내려갔다. 아빠는 임금과 식비 같은 숫자를 더하다 말고 피곤한 얼굴로 곯아떨어질 수 있었지만 엄마는 그러지 못했다. 다음날

식구와 인부들이 먹을 거리를 밤늦게까지 준비했다. 보통은 스물여덟 명이 일하고 많으면 서른세 명이 일하는데 그들을 다 엄마가 먹였다. 엄마는 늘 얼굴이 부어 있고 눈이 빨갛게 충혈되었다. 그러고도 음식 준비가 끝나면 잠들기 전까지 공사장에서 주워온 자투리 전선을 깠다. 공사장에는 쓰고 남은 전선 토막이 널려 있었는데, 엄마는 틈나는 대로 그걸 주워와서 전선을 감싼 피복을 벗겨내 구리만 자루에 담았다. 그건 동전이나 마찬가지라고 엄마가 말했다. 곁에서 내가 거들라치면 엄마는 힘을 줘서 내 손등을 탁 소리 나게 쳤다.

"넌 하지 마."

그때가 아니면 엄마와 얘기할 수 없었으므로 나는 되도록 가까이 있으려 했지만, 아무리 불만스럽게 쳐다보아도 엄마는 곁을 주지 않았다. 내가 수다를 늘어놓거나 놀아달라고 떼를 쓰면 엄마가 잘 수 있는 시간이 줄었다. 어린 나를 달래거나 친구가 생겼는지 묻거나 재밌는 이야기를 들려주기에 엄마는 언제나 너무 피곤했다. 서운함에 취해 나는 엄마가 왜 밤늦게까지 혼자만 일하는지, 나더러는 하지 말라는지 알아차리지 못했다.

부모에게서는 밥을 빨리 먹으라거나 일찍 다니라거나 귀찮게 굴지 말라는 잔소리를 들었다. 함께 밤하늘을 쳐다보며 우주에는 지구 말고 다른 행성도 있다는 이야기나 후덥지근한 공기 속을 걸으며 우리나라는 여름이지만 지구 반대편 어느 나라는 겨울이라는 식의 얘기를 나눌 수는 없었다.

돈을 벌려면 바깥으로 나가야 했으므로 부모가 집에 없는 건 당연했다. 동네의 다른 집도 사정은 마찬가지였다. 집에 아버지가 남아 있다면 그는 틀림없이 골칫거리였다. 못 말리는 술꾼이거나 몸이 아파 누워 지내느라 돈을 까먹는 사람이었다. 간혹 집에 엄마가 있는 경우도 있었지만 그녀들은 몸을 놀리지 않았다. 목걸이 조립이나 뜨개질처럼 여자들만 받아오는 부업거리가 있었다. 그게 아니라면 동네 공터에서 상추나 파 같은 푸성귀라도 키웠다.

동네에서 소매업을 하는 부모를 가진 아이들도 있었다. 식료품 가게나 철물점, 떡집이나 건어물 가게 같은 것들. 그런 집의 애들은 부러움을 샀다. 친구에게 맞거나 놀림을 당하면 그애는 곧장 부모에게 이를 수 있었다. 그렇다고 해서 그애의 부모가 가게를 팽개쳐두고 도와주러 오지는 않았다. 기껏해야 귀찮으니 방해하지 말고 집에나 가라는 말을 들었지만, 부모가 가까이 있다는 것은 그애들에게 종종 맞설 힘을 주었다.

집에 누군가 찾아오는 일은 거의 없었다. 부모와 일하는 사람들은 같은 사무실에 모여 공동의 업무를 하며 시간과 경력과 우정을 쌓는 게 아니었다. 그들은 한 지역의 공사가 끝나면 각기 다른 현장으로 흩어졌다. 같은 현장에서 일하더라도 사정이 생겨 며칠 못 나오면 그것으로 그만이었다. 다시 만날 수도 있지만 그렇지 않을 때가 더 많았다. 이사를 자주 다녀 친한 이웃도 없었고 친척은 대부분 부모의 고향인 남쪽 지방에 살았다. 거기에서 올라온 몇 명이 서울에 있었지만 각자의 사정으로 분주해 명절 때나 겨우 모였다.

드물게 아모레 언니가 커다란 가방을 들고 찾아왔다. 엄마는 화장품을 거의 사지 않았지만 어쩌다 유분기 많은 콜드크림이나 큰 병에 든 스킨과 로션을 샀다. 샘플을 지나치게 많이 달라고 해서 늘 웃는 아모레 언니가 몇 번이나 굳은 표정을 지어야 했다.

그리고 동방생명 아줌마가 왔다. 아줌마는 색이 어두운 옷을 점잖게 차려입고 두꺼운 가죽가방을 어깨에 메고 있었다. 엄마는 집을 찾아오는 사람이면 그게 누구든 일단 문을 열어주었다. 행상꾼이 많았는데, 시장에 갈 틈 없는 사람에게는 소매점보다 싸게 물건이나 반찬거리를 살 기회가 됐다. 살 게 없다면 돌려보내면 그만이었다.

사람을 들이긴 했지만 엄마는 다음날 먹을거리를 준비하느라 바쁘고 정신이 없어서 아줌마 얘기를 듣지도 않았다. 관심 없으니 가보라고 말할 시간도 놓쳐서 아줌마는 좁은 거실—거실이라기보다는 방과 부엌을 연결하는 복도—한쪽에 어영부영 자리를 잡고 앉게 됐다. 아줌마는 엄마가 놓아둔 고구마순을 뚝뚝 끊어 손톱으로 껍질을 벗겼다. 그 일이 끝나자 엄마가 걷어만 놓고 구석에 밀어둔 빨래를 갰고 나물을 삶는 엄마를 대신해 앉은 자리를 훔치기도 했다. 엄마는 그제야 아줌마 쪽으로 고개를 돌렸다. 얘기를 들을 마음이 생겼다기보다 미안해서 그런 것 같았다.

"글쎄, 좋은 건 알겠는데 돈이 없어요."

엄마가 조금 들어주다 말고 아줌마 말을 자르며 차갑게 대꾸했다. 돈 문제에 있어서 엄마는 언제나 여유가 없었다. 아줌마는 그런 일을 자주 겪는지 아무렇지 않게 차분한 목소리로 얘기를 이어나갔다.

"학비요?"

엄마가 반찬으로 쓸 두부를 자르다가 아줌마를 쳐다보았다. 한 달에 얼마씩 꾸준히 내면 그것으로 나를 대학까지 보낼 수 있다는 말이었다. 그렇게 하면 나중에는 낸 돈보다 받을 돈이 많아진다고도 했다. 엄마도 그렇게 이해한 것 같았다. 아줌마가 가방에서 종이를 꺼내 내밀었다. 엄마는 물 묻은 손을 대충 옷에 닦고는 종이를 들여다보았는데, 거기에 적힌 글씨가 너무 작고 빽빽했는지 읽지는 않고 재차 아줌마에게 학비가 정말 다 공짜냐고 물었다. 오로지 그것만이 중요하다는 듯이.

"그럼요, 그러니까 보험이죠."

"대학도요?"

"대학도요." 아줌마가 엄마의 말을 따라 하고는 얘기를 이었다. "애들은 꼭 공부를 해야죠."

엄마와 아줌마 둘 다 잠시 입을 다물었다. 그 순간 나는 알아차렸다. 두 사람 모두 대학을 나오지 않았고 공부를 하지 못했고 어쩌면 가까운 사람 중에 대학 나온 사람이 없을지도 모른다는 것을. 두 사람 모두 아주 성실히 일해야만 운좋게 자식을 대학에 보낼 형편이 되리라는 것을.

부모 주위에는 대학을 나온 사람이 하나도 없었다. 남쪽 지방의 친척들은 모두 최소한의 의무교육을 마치고 농사를 지었다. 엄마가 대학을 어떻게 여기는지 당시의 나로서는 알 도리가 없었다. 하지만 다른 어떤 보장 내역에도 미동 없던 엄마가 교육보험 앞에서 흔들린 것으로 보아 자식에게 절실하다 여겼음은 분명했다.

엄마는 쉽게 결정하지 못했다. 저축은 꿈도 못 꾸던 시절이었다. 십 년쯤 남은 자식의 미래보다 당장의 생활비에 쪼들렸으므로 머뭇거릴 수밖에 없었다. 엄마는 잠시 아줌마가 내민 종이를 들여다봤다. 읽는 것 같지는 않고 그저 종이에 눈을 두었다. 무슨 생각을 했을까. 어쩌면 종일 혼자 지내느라 말수 잃은 나를 슬쩍 살폈는지도 몰랐다.

엄마는 자세를 고쳐 앉고 아줌마를 마주보았다. 한 달에 얼마를 내는지, 몇 년이나 내는지, 대학에 갈 때 정말 돈이 하나도 안 드는지 하는 것을 다시 물었다. 아줌마는 방금 한 말을 지친 기색 없이 되풀이했다.

"바깥분이랑 상의하셔야 되면 이걸 보여드리세요."

아줌마가 얇은 책자를 내밀었다.

"그 사람이 뭘 안다고요."

엄마가 벌떡 일어나더니 안방에서 도장을 가지고 와서 망설임

없이 서류에 도장을 찍었다. 내내 머뭇거리던 것과 달리 도장을 찍은 엄마는 후련한 표정을 지었다.

그후 아줌마는 우리집에 제일 자주 오는 사람이 됐다. 적어도 한 달에 한 번은 정해진 날에 보험료를 받으러 왔고 그날이 아니어도 왔다. 동네를 지나는 길이면 들러서 엄마와 잠시 말동무를 했고 내게는 사탕이나 공책 같은 것을 주었다.

비슷한 연배인 아줌마와 엄마가 나란히 앉아 서로의 건강을 묻고, 집 걱정, 돈 걱정을 반복하는 이야기를 듣고 있으면 두 사람이 보험계약으로 만난 사이라기보다 오랫동안 우정을 나눠온 친구나 동료로 보였다. 무엇보다 두 사람은 생계를 위해 종일 바깥에 나가 있어야 하는 마음을 잘 알았다. 엄마는 새벽부터 일을 시작하고 아줌마는 주로 해가 저문 후 남의 집을 다니는 점이 달랐지만, 바깥에서 일하고 집에 돌아가 산적한 집안일을 밤늦게까지 홀로 하며 기준치 넘는 노동시간을 보낸다는 점에서는 똑같았다.

정해진 날이면 엄마는 희고 깨끗한 봉투를 준비해 아줌마에게 돈을 건넸다. 아줌마가 메고 다니는 검정색 가방에는 각종 보험약관이 적힌 서류와 사은품, 가입자에게 받은 돈을 넣어두는 커다란 지갑이 있었다. 엄마에게 봉투를 받으면 아줌마는 항상 고맙다고 고개 숙여 인사하고 봉투가 구겨지지 않도록 지갑에 반듯이 넣었다.

나는 그 돈이 학비가 될 미래에는 별 관심이 없었다. 미래는 본 적 없어서 상상하기 어려웠다. 내게 가장 실감나는 미래는 아줌마였다. 나는 아줌마처럼 되고 싶었다. 반듯하게 차려입고 사각형 가방 안에 책자와 종이를 넣고 다니는 사람, 언제나 다른 사람에게 껌이나 사탕, 공책같이 작지만 요긴한 선물을 다정히 웃으며 내미는 사람 말이다. 내게 그런 것을 주는 사람은 아줌마 말고는 없었다. 아모레 언니는 좋은 냄새가 났지만 내게 아무것도 주지 않았다. 동방생명 아줌마는 많이 돌아다녀 땀을 흘리고 옷이 구겨졌지만 늘 뭔가를 줬다.

무엇보다 아줌마는 바깥의 공기를, 미래라 부를 수 있는 들뜬 마음을 환기시켜주었다. 아줌마는 고작 열 살인 내게 대학에 가야 하는 미래가 있고 부모가 그것을 준비해준다는 걸 보여주었다. 부모에게 서운한 마음이 들 때면 나는 보험을 생각했다. 장래에 되고 싶은 것을 상의하거나 선생님께 무슨 일로 꾸지람을 들었는지 털어놓지 못했지만 힘든 와중에도 돈을 저축해 미래를 만드는 부모가 있다는 것은 든든했다.

하지만 미래는 바라는 대로 차곡차곡 순조롭게 다가오지 않았다. 아줌마가 우리집에 오는 횟수가 잦아졌다. 엄마가 미래를 위해 보험에 더 가입해서는 아니었다. 엄마는 돈을 제때 마련하지 못했다. 아줌마는 몇 번 허탕을 쳤다. 약속한 날 엄마가 아예 없을 때도 있었다. 아줌마는 나와 얘기를 주고받으며 엄마를 조금 기다리다가 내게 공연히 사탕만 주고 돌아갔다. 몇 차례 방문 끝에 겨우 만났을 때 엄마는 미안하다는 말과 함께 주머니와 지갑, 안방에서 찾은 구겨진 지폐를 모아 봉투 없이 내밀었다.

미래를 위한 보험이 있다고 해서 외로움이 달래지는 건 아니었다. 무엇보다 집에는 언제나 나 혼자뿐이었다. 나는 그 시간을 무용하게 보내지 않았다. 그 일은 비밀스럽게 했다. 나는 일찌감치 그 일의 기쁨을 발견했다. 의자 모서리에 아랫도리를 비비고 있으면 거기서 희미하고도 사소하지만 끈질긴 나른함이 전해졌다. 간지러운 머리를 긁어서 시원해지거나 손가락으로 귀를 후빌 때와 별반 다를 게 없는 기분이었다. 머리를 긁거나 귀를 파는 일을 엄마 앞에서도 했기 때문에 아랫도리를 모서리에 비비는 일도 처음에는 당연히 그렇게 했다. 엄마는 나를 보고 믿을 수 없다는 표정을 지었고 놀란 얼굴로 가까이 와서 내 양팔을 아프게 꽉 붙잡았다.

"네가 계속 이런 짓을 하면, 이렇게 나쁜 짓만 하면, 엄마랑 아빠는 너 때문에 같이 못 살게 될 거야. 우리는 결국 다 죽게 될 거야."

엄마의 떨리는 목소리 때문에 무서웠지만 엄마 역시 그런 것 같았다. 엄마는 횡설수설하다가 울음을 터뜨렸다. 엄마는 이 일의 파장이 가져올, 일어나지도 않은 미래에 겁을 먹은 것 같았다. 다름 아닌 내가, 그 일이 엄마를 그렇게 만들었다.

그래도 역시 더 겁이 나는 건 내 쪽이었다. 나 때문에 엄마 아빠가 함께 못 살게 되고 우리가 모두 죽게 되는 걸 조금도 바라지 않았으므로 나는 엄청난 죄책감을 느꼈다. 그것이 전적으로 내가 느낀 나른한 기쁨과 떨림 때문이라는 게 무서웠다. 엄마가 그 일을 '나쁜 짓'이라고 해서 비로소 내가 그간 해온 일의 의미를 깨달았다.

나는 울면서 빌었고 두 번 다시 그러지 않겠다고 약속했다. 엄마의 슬픔과 분노, 겁에 질린 얼굴을 생각하면 마땅히 약속을 지켜야 했다. 엄마가 거의 울부짖듯 나쁜 짓이라고 말한 것과 갈라지는 목소리로 죽음을 예고한 걸 생각하면 그 일에서 느낀 기쁨은 전적으로 무용하고 하찮았다.

하지만 나는 늘 혼자였다. 홀로 남겨지면 엄마에게만 들키지 않으면 된다고 생각해 그 일이 주는 나른함에 쉽게 굴복해버렸다. 아랫도리를 모서리에 비비다가 아예 팬티 속으로 손을 집어넣고 작은 둔덕을 슬슬 문질렀다. 엄마 모르게 신체 일부의 떨림을 즐긴다는 사실에 수치를 느끼면서.

별안간 방문 열리는 소리가 들렸다. 재빨리 고개를 들어 문 쪽을 보았다. 아줌마가 굳은 얼굴로 나를 보고 서 있었다. 나는 잠시 머리를 굴렸다. 아무 일도 아닌 척할지 울음을 터뜨릴지 생각했지만 숙고할 겨를도 없이 울음이 나왔다. 일전에 엄마에게 들었던 말이 생각났고 아줌마에게도 같은 얘기를 들을까봐 겁났다.

"나가자."

아줌마가 얼굴을 닦아주고 내 손을 잡았다. 좁은 현관에 어질러진 신발 중 내 것을 골라 신고 밖으로 나설 때까지 아줌마는 손을 놓지 않았다. 다정한 목소리와 따뜻한 손 때문에 나는 아줌마가 아무것도 못 보았다고 생각하려 했지만 바로 그 이유로 아줌마가 모든 걸 안다는 확신이 들었다.

골목은 어둡고 텅 비어 있었다. 놀던 아이들은 모두 집으로 돌아갔다. 다닥다닥 붙은 집들에서는 불빛과 밥 냄새와 텔레비전 소리와 말소리가 흘러나왔다. 익숙한 골목을 빠져나가는 동안 나는 조금 떨면서 낮게 우는 소리를 냈다. 아줌마가 뭔가 물으리라고 생각해서였다. 어째서 그 짓을 하고 있었는지 말이다. 내가 이러는 걸 부모님도 알고 있느냐고도 물을 것 같았다. 나는 그런 질문에 어떻게 맞서야 할지 알 수 없었다. 나 때문에 부모가 죽을지 모른다는 공포를 어떻게 이겨내야 하는지도 몰랐다. 그래서 이런 고통을 다시 안 겪는 동시에 나의 자존과 부모의 위신을 어떻게 지킬지 고민했고 그런 방법을 알 리 없었으므로 계속 우는 소리를 냈다.

아줌마는 아무것도 묻지 않았다. 어딜 만지고 있었느냐고 타박하지 않았고 그건 나쁜 짓이라고 상기시키지도 않았다. 덕분에 나는 어떤 거짓말이나 변명도 하지 않을 수 있었다.

"좀 걸어야 하는데 괜찮겠니?"

아줌마가 물었다. 나는 고개를 끄덕였다. 아줌마는 손을 놓았지만 계속 내 쪽으로 고개를 돌리고 말을 걸어주었다. 무슨 음식을 좋아하는지, 어떤 프로그램을 자주 보는지, 전에는 어느 동네에 살았는지 물었다. 나는 간단한 질문에도 대답하지 못했다. 체면을 차리고 싶었는데 금세 아무렇지 않은 척해도 되는지 알기 어려웠다. 아줌마는 기다려줬다. 대답을 재촉하지 않고 다시 내 손을 잡더니 장난치듯 앞뒤로 흔들었다. 요즘 다들 프로야구를 보던데 응원하는 팀이 있느냐고 물었다. 야구는 잘 모르고 가입 기념으로 종합 선물 세트를 주는 팀에 가입하고 싶다고 천천히 대답하자 아줌마가 자기도 그 팀 팬이라며 웃었다. 아줌마는 다른 질문은 하지 않았다. 이를테면 친한 친구 이름이 무엇인지, 친구들과는 무엇을 하고 노는지, 학교에서는 공부를 잘하는지 하는 것 말이다. 그런 질문에 내가 대답할 말이 별로 없다는 것을 알고 있는 듯했다. 아줌마는 자존심에 상처를 주지 않는 방식으로 나를 구했다.

한참을 걸어 이윽고 버스 종점이 있는 동네까지 갔다. 다른 동네로 갈 때면 그곳에서 버스를 탔는데 우리집이 있는 동네에 비하면 상점도 많고 무척 번화해서 아이들끼리 시내라고 부르는 곳이었다. 아줌마는 슈퍼마켓 옆에 있는 이층집의 문을 두드렸다. 주인이 천천히 걸어나와 문을 열어주자 아줌마는 동행이 있는데 함께 들어가도 되느냐고 양해를 구했다.

"동행이요?"

주인이 문밖으로 얼굴을 빼꼼히 내밀어 나를 쳐다보고는 고개를 끄덕였다. 나는 아줌마가 동행이라고 말한 게 좋았다. 고객의 딸이라거나 아는 아이라고 말하지 않은 것 말이다.

"지루해도 조금만 참아."

아줌마가 작은 목소리로 말하고는 주인을 따라 집안으로 들어갔다.

우리는 주인이 내미는 방석에 나란히 앉았다. 살림이 많고 거실 천장에 여러 개의 화려한 전등갓이 달린 집이었다. 나는 집을 둘러보지 않으려 애쓰며 아줌마 곁에 잠자코 앉아 있었다. 주인은 마주앉더니 한숨을 내쉬고는 요새 들어 집에 늦게 들어오는 남편 얘기부터 꺼냈다. 그러느라 좀처럼 할일을 하지 않았다. 돈을 주지 않았다는 뜻이다. 들어주는 사람이 있으면 일단 하소연부터 해대는 사람 같았다.

아줌마는 열심히 들었다. 그럴 리 없다고 맞장구도 치고 "사모님이 워낙 살림을 잘하시잖아요" 하고 적절히 치켜세우고 "사모님이야 틀림이 없으시죠" 하며 비위를 맞췄다.

한 시간쯤 제 얘기를 실컷 떠들어댄 후에야 주인은 "내 정신 좀 봐" 하고 그제야 생각난 듯 꾸미더니 방에서 돈을 가지고 나왔다. 아줌마가 들리지 않을 정도로 낮게 한숨을 쉬고 자세를 조금 바꿔 앉았다. 주인은 다시 주저앉아서 꾸물거리며 지폐를 셌다. 돈을 주기 아까운 듯 보였다. 주인은 강제로 빼앗기기라도 하는 것처럼 두 번이나 돈을 세어 액수가 틀림없는 걸 확인하고서야 천천히 내밀었다. 돈은 그들 가족의 미래를 위한 저축이 아니라 귀에 딱지가 앉을 만큼 재미없고 식상한 얘기를 한 시간이나 들어준 대가로 보였지만 아줌마는 고개를 숙여 고맙다고 인사했다.

"보험은 좋은 일 아니에요?"

그 집에서 나오자마자 아줌마한테 물었다. 내가 똑똑한 아이로 보였으면 했다. 비록 나쁜 짓을 해서 비난과 조롱을 받아 마땅하지만, 부모를 두렵게 하는 일을 저질렀지만, 사실은 그다지 나쁘고 어리석지 않다는 걸 보여주고 싶었다. 아줌마가 마음껏 집주인을 흉볼 수 있게 거들어주고도 싶었다. 무엇보다 아줌마에게 잘 보이고 싶었다.

"그럼, 좋은 일이지."

"저 집 애들이 대학 갈 때 학비도 주고 다치면 병원비도 주고 그러는 거잖아요."

"나랑 같이 일해도 되겠는데?"

"보험은 저 아줌마한테 좋은 일이잖아요."

"나중에 무슨 일이 생기면 저분이 좋은 거고, 저분이 보험 들어줬으니 나한테도 좋은 일이지. 한 사람한테 좋은 일은 다른 사람한테도 좋은 일이 돼."

세상에 그런 일이 있을까. 나는 아줌마를 쳐다봤지만 아줌마는 시계를 보고 늦었다며 걸음을 서둘렀다.

두번째 집 아저씨는 시간이 늦은 것에 대해서는 싫은 소리를 하지 않았다. 다만 아저씨는 아줌마를 손님으로 대하지 않았다. 식구들과 있을 때나 입는 옷을 그대로 입고 있었던 것이다. 문을 열어줄 때 보니 목이 늘어난 러닝셔츠에 팬티 차림이었는데, 아줌마와 내가 집으로 들어온 후에도 부산스럽게 옷을 갈아입거나 몸을 가리려는 시늉을 하지 않았다. 그 차림 그대로 허리에 손을 두고 서서 아줌마와 나를 번갈아 쳐다봤다. 아줌마는 아저씨에게 시선을 두지 않으려 애썼지만 아저씨는 속옷만 입은 주제에 돈을 줄지 말지 결정하는 사람이 자신이라는 듯 꼿꼿이 서 있었다.

아줌마는 선 채로 아저씨의 몇 가지 질문에 대답을 해야 했다. 아저씨는 보험회사에서 돈을 떼어먹지는 않는지, 해지를 할 경우 원금을 다 주지 않는 이유가 무엇인지, 그건 사기가 아닌지, 만기까지 다 넣으면 얼마나 돌려받는지, 그 경우 은행에 비해 이자는 어떤지 하는 질문을 반말로 계속 던졌다. 아줌마는 차분히 대답했지만 아저씨는 나 역시 다 알아들은 대답에도 "그래서 한 달에 얼마씩 낸다고?" "얼마나 손해를 본다고?" "왜 돈을 다 안 준다고?" 하며 몇 번이나 되물었다. 아줌마는 반복되는 질문에도 표정을 흐트러뜨리지 않고 대답했다. 오늘뿐만 아니라 이미 여러 번 이런 문답을 주고받았던 것 같았다. 아저씨가 알아차리기를 바라며 아줌마는 조심스럽게 "전에도 말씀드렸지만"이라는 말로 대답을 시작했는데 그는 조금도 개의치 않았다.

하지만 길고 반복되는 문답이 전부였다. 아저씨가 잠자코 있기에 이제야 알아먹은 건가 싶었는데, 그는 아줌마더러 생각해보겠으니 다음주에 다시 와보라고 했다. 아줌마는 선뜻 그러겠다고 하며 꺼내둔 여러 종류의 서류와 계약서를 죄다 가방에 도로 넣었다.

"뭐 안 주고 가?"

아저씨가 현관을 나서는 아줌마에게 물었다. 아줌마는 말없이 가방에서 작은 멜라민 쟁반을 꺼내 내밀었다. 중앙 하단에 아줌마가 다니는 회사의 이름이 적혀 있었다. 아저씨는 고맙다는 말도 없이 쟁반을 받아 앞뒤로 살폈다.

다음 집에서는 깜빡 잊고 보험료를 준비하지 못했다면서 내일 다시 방문해달라고 청하는 말을 현관 앞에 서서 들었다. 마지막 집에서는 주인 여자가 누운 채로 아줌마를 맞았다. 요 며칠 허리가 너무 아파서 내내 누워 있다고 했다. 아줌마는 주인 여자 옆에 가까이 앉아 디스크가 여간 고생스러운 게 아니라며 걱정하는 말을 나누고 사당동에 있는 침술원을 일러주며 아는 사람이 거기서 허리 병을 고쳤으니 가보는 게 어떻겠느냐고 권했다.

"아이고, 무식한 소리 하지도 마요. 허리 병이 어떻게 침으로 나아. 큰 병원에 가야지."

아줌마는 얼굴이 빨개졌다. 주인 여자는 누워 있느라 돈을 꺼낼 수 없으니 아줌마에게 다음에 다시 오라고 했다. 그 집에는 나보다 큰 아들도 있었는데 그애더러 보험료를 가져오라고 시키지는 않았다.

아줌마와 나는 수척하고 침울한 발걸음 소리를 내며 밤길을 걸어 동네로 돌아왔다.

"힘들지 않았니?"

집 앞에 도착하자 아줌마가 쾌활하게 물었다. 나는 대답하는 대신 우리집을 돌아봤다. 불이 켜져 있고 텔레비전 소리가 들렸다. 부모님이 돌아왔다는 뜻이었다. 아줌마 역시 엄마를 만나야 할 용건이 있을 테지만, 그래서 우리집에 들렀겠지만 아줌마는 무릎을 구부리고 눈을 맞춰준 후 내게 잘 들어가라고 손을 흔들어줬다.

나는 어쩐지 눈물이 날 것 같아서 버스를 타러 다시 종점 마을 쪽으로 가는 아줌마의 뒷모습을 보지 않고 집으로 들어와버렸다. 아빠가 굳은 얼굴로 계집애가 늦게 다녀서 좋을 게 없다고 싫은 소리를 했다. 야단을 치긴 했지만 더는 캐묻지 않았다. 엄마가 어딜 다녀왔느냐고 물었다. 아줌마 얘기를 하면 혼이 안 날 것 같았지만 잠자코 있었다. 그날따라 그들은 더 피곤해 보였다. 아빠는 노트에 임금과 경비를 적지 않고 멍하니 앉아 있었고, 엄마도 내일 현장에 가지고 갈 반찬을 준비하지 않고 말없이 텔레비전만 보았다.

다음날 아침 눈을 떴을 때 무엇인가가 달라져 있었다. 엄마가 어깨를 흔들어 나를 깨우더니 밥상 앞에 앉힌 것이다. 아빠는 일을 나갔는지 보이지 않았다. 밥상 앞에 마주앉은 엄마는 얼굴이 부어 있었다. 그 때문에 나는 엄마가 왜 이 시간에 집에 있는지, 오늘은 나가지 않을 건지 묻지 못하고 묵묵히 밥을 삼켰다.

엄마는 그날 이후 내내 집에 틀어박혀 있었다. 집안일도 하지 않고 식사 때가 지나야 겨우 일어나 찬밥을 꺼내주었다. 아빠는 며칠이 가도록 오지 않았다. 나는 누워 있는 엄마 곁에 앉아서 가끔 다리를 주무르고 주먹 쥔 손으로 허리를 통통 두드려주었지만 엄마는 시원하다거나 귀찮다는 어떤 말도 하지 않았다.

일주일쯤 후 아줌마가 왔다.

"잘 지냈니?"

내가 문을 열어주자 아줌마가 환하게 웃으며 물었다. 나는 대답하지 못했다. 엄마가 누워 있는 방 쪽을 보며 눈치를 봤다. 아줌마가 엄마에게 그날 일을 얘기할까봐 긴장되었다. 지금도 몸이 성치 않아 보이는 엄마가 나 때문에 결국 죽어버리게 될까봐 두려웠다. 하지만 아줌마는 엄마에게 그 얘기를 하지 않았다. 얘기할 겨를이 없었는지도 몰랐다.

아줌마가 방으로 들어가자 엄마는 오랜만에 일어나 앉았다. 안색이 달라진 걸 알아챈 아줌마가 무슨 일인지 물었고, 엄마와 긴 얘기를 나눴다. 집에 들어오지 않는 아빠에 대한 얘기였다. 나는 아줌마가 종점 마을에서 한 아줌마의 한탄을 듣고 작게 한숨을 쉬었던 게 생각나서 엄마가 그만 말했으면 했지만 동시에 그렇게라도 통 들어오지 않는 아빠에 대한 이야기를 듣고 싶었다.

엄마는 이제 현장에서 밥을 하지 않아도 되었다. 아빠가 더는 현장을 맡지 않기 때문이었다. 누군가 현장에서 추락하는 사고를 당했는데, 그 일에 아빠의 책임이 있다고 했다. 나는 깜짝 놀랐다. 아빠가 그 사람을 민 줄 알았다. 그건 아니었지만 아빠는 책임자로서 해야 할 안전시설 설치와 점검을 제대로 하지 않았다. 아줌마는 사정에 밝은 사람에게 한번 물어보겠다고 일단 엄마를 안심시켰다.

그 다음다음 날은 일요일이었는데, 점심 무렵 아줌마가 왔다. 아줌마는 자리에 앉자마자 급하게 이야기를 시작했다. 건축법, 안전에 관한 법률 같은 얘기가 나왔다. 엄마가 인부들에게 점심밥을 해준 것도 무슨 법률인가에 저촉될 수 있다고 했다.

"보통 큰 회사에서 책임을 떠넘기려고 소장을 세운다는 말도 있더라고요."

아줌마의 말에 엄마의 표정이 더 어두워졌다. 그럴 만한 경력이 아닌데도 아빠가 현장소장을 맡게 된 이유를 알아차린 것 같았다. 아줌마는 할 수 있는 데까지 해봐야 한다며 엄마더러 우선 옷을 갈아입으라고 재촉했다.

"할 수 있는 일이 뭔데요?"

엄마가 침울한 말투로 물었다. 아줌마는 사고당한 아저씨가 입원한 병원에 가야 한다고 했다. 그게 제일 먼저라고. 엄마는 나를 떼놓고 갈 정신이 없었는지 내가 따라나서는데도 아무 말 하지 않았다. 어쩌면 내가 있는 편이 낫다고 생각했는지도 몰랐다. 아픈 사람이라도 어린아이에게는 동정을 베푸니까.

병실에는 여섯 사람이나 누워 있어서 그중에 추락한 사람이 누군지 알 수 없을 거라고 생각했지만, 아니었다. 잠깐 병실을 들여다보는 것으로도 알 수 있었다. 아줌마가 떨고 있는 엄마를 데리고 병실 안으로 들어갔다. 엄마는 아저씨 침대 옆에 서 있는 아주머니에게 인사를 했다. 아주머니가 눈물을 흘리기 시작했고 엄마도 따라 울었다. 다행히 아주머니는 엄마를 탓하며 언성을 높이거나 책임지라는 말은 하지 않았다.

돌아오는 길에 우리는 병원 근처의 중국집에 갔다. 아줌마가 괜찮다고 해도 엄마는 탕수육도 하나 시켰다. 병원에 데려가줘서 고맙다고 엄마가 인사했다. 아줌마는 알록달록한 테이블보 위로 종이를 내밀었다. 이제껏 납입한 보험료 액수가 적힌 종이였다. 보험을 해지하면 받게 될 액수를 아줌마가 말해주자 엄마는 크게 실망한 표정을 지었다.

잠자코 앉아 있는 내게 아줌마가 가방에서 공책과 연필 같은 문구를 전부 꺼내 줬다. 모두 동방생명이라는 글씨가 인쇄되어 있었다. 그것들을 받아드는데 손이 조금 떨렸다. 엄마와 아줌마가 교환한 종이가 뭘 의미하는지 알아서였다. 아줌마는 한 사람에게 좋은 일은 다른 사람에게도 좋은 거라고 했지만 한 사람에게 나쁜 일이 생기자 여러 사람이 궁지에 몰렸다. 미래는 바닥나버렸다.

아줌마와 처음으로 우리집이 아닌 곳에서 헤어졌다. 아줌마는 우리와 반대쪽에서 버스를 타야 한다고 했다. 아줌마는 언제나 그랬듯이 무릎을 구부리고 내게 눈을 맞춘 후 손을 흔들어줬다. 나는 주먹을 꽉 쥐었다. 무엇이든 참고 싶어서였다.

집에 돌아온 엄마는 더는 자리에 눕지 않았다. 집안을 청소하고 환기를 하고 눅눅한 이불을 빨았다. 엄마는 내 머리도 빗어주고 깨끗하게 씻겨주었다. 나로서는 행운이었다. 엄마와 이렇게 붙어 지내는 건 무척 오랜만이었다. 엄마에게 기대서 이런저런 얘기를 떠들기도 했다. 엄마는 대부분 받아줬지만 종종 무겁다며 나를 슬쩍 밀어냈다. 그래도 조금 후에 다시 기대면 얼마간 잠자코 받아줬다.

며칠 지나지 않아 엄마는 커다란 식품 소매점에서 일을 하게 됐다. 엄마는 내 손을 잡고 일자리를 알아보러 다녔고, 주인에게 남편 없이 혼자서 애를 키우고 있다고 말했다. 그 말이 효과가 있었는지 엄마는 바로 채용되었다. 식당을 상대로 한 가게여서 모든 물건이 크고 무거웠다. 엄마가 그걸 옮기거나 나르는 건 아니고 식당 주인들에게 영업을 하러 다니는 일이라고 했다. 밖에서 일을 해야 돈이 생겼다. 엄마는 아빠가 돈을 벌게 될 줄 알고 미리 빌려 쓴 돈도 갚아야 했다. 현장에서 생긴 사고로 아빠는 많은 돈을 물어야 할 것이다. 만약 병원에 누워 있는 아저씨가 죽기라도 한다면 아빠는 감옥에 갈 수도 있다고 했다.

아줌마는 그후 한번 더 우리집에 왔다. 엄마는 처음으로 아줌마에게 유리컵에 주스를 담아 대접했다. 엄마와 아줌마는 다시 이야기를 나누었고 이번에는 아줌마가 엄마에게 깨끗한 봉투를 내밀었다. 엄마는 봉투를 열어 안에 든 돈을 모두 꺼냈다. 보기에도 얼마 되지 않는 돈을 엄마는 천천히 세었다. 다 세고 나서는 실망한 표정을 숨기지 못했다. 우리의 미래를 부순 돈이 아주 적은 액수가 되어 돌아왔다. 이미 알고 있었으면서도 엄마는 한숨을 내쉬었다. 아빠 얘기를 할 때보다 한숨이 깊었다. 아줌마가 미안하다고 했다. 나머지 돈을 아줌마가 떼먹은 게 아닌데도 또 사과했다. 엄마는 잠자코 있었다. 나는 엄마가 어서 사과하기를 바랐지만 엄마는 잠시 후에 "정말 너무하네요"라고 말했다. 나는 울고 싶어졌다.

자리에서 일어나며 아줌마는 무슨 일이 생기거든 언제든지 연락하라고 엄마에게 말했다. 엄마가 고개를 끄덕이며 고마웠다고 인사했다. 아줌마는 이번에는 나를 보았다. 나는 공연히 바닥으로 눈을 돌렸다. 아줌마가 주머니에서 뭔가를 꺼내 내밀었다.

"요새 이게 제일 맛있더라."

갈색 종이에 포장된 초콜릿이었다.

"지금 먹을래?"

나는 고개를 저었다. 아줌마가 내 손에 초콜릿을 쥐여주고 머리를 쓰다듬어주었다.

초콜릿은 오랫동안 그대로 남아 있었다. 하도 만지작거려서 딱딱한 조각이 완전히 흐물흐물해지고 포장지 사이로 갈색 액체가 비죽이 새어나오기 시작해서 어쩔 수 없이 초콜릿을 감싼 종이를 천천히 벗겼다. 다 녹은 초콜릿이 진흙처럼 끈적거리며 손가락에 묻어났다. 나는 초콜릿이 묻은 손가락을 살짝 입에 가져다댔다. 부드럽지만 쓰고 쓰지만 달았다. 이번에는 손가락을 조심스럽게 팬티 속으로 넣어보았다. 양 허벅지를 단단히 붙이고 나른해지는 기분을 느껴보려 했으나 잘 되지 않았다. 대신 숨이 차고 마음이 아프게 조여왔다. 나는 열 살에 지나지 않았지만 그게 무슨 마음인지 알았다.

어떤 더한 일이 생겨야 엄마가 아줌마를 찾을지 생각했다. 무슨 일인가 생기기를 바랐고 더는 아무 일도 생기지 않기를 바랐다. 하지만 다시 무슨 일이 생긴다 해도 아줌마를 만나지 못할 것이다. 시련이 닥치면 아무도 찾을 수 없다. 도움이 필요치 않아서가 아니라 그럴 만한 시간이 없어서 말이다.

며칠 후 병원에 있던 아저씨가 죽었다는 소식이 들려왔다. 엄마는 참았던 긴 울음을 터뜨렸다.

작가의 말

소설을 쓰는 동안 써야 할 장면보다 쓰지 않을 장면을 자주 생각했다.

기어이 쓰지 않은 그 이야기들이 어쩌면 이 책에 담긴 소설들의 진짜 이야기인지도 모르겠다.

'어쩌면'이라는 부사만큼 내 소설과 닮은 낱말이 있을까. 불확실하고 짐작에 의존하고 끝내 알 수 없는 마음일 때 자주 이 낱말에 의지했다.

동네에 다국적 체인의 호텔이 있는데, 지나갈 때마다 닫힌 창문을 쳐다보게 된다. 창문은 언제나 무엇인가 내보이지만, 호텔 창문은 거의 아무것도 보여주지 않는다.

호스라는 동네를 한참 걸은 적이 있다. 곳곳에 '홀리데이 홈 포세일'이라는 문구가 붙은 한적한 동네였다. 갈 수 없는 곳을 상상하다보면 그곳이 그려졌다.

「리코더」는 오래전에 쓰기 시작한 초고를 완성하지 못하다가 한참 시간이 지나 다시 쓸 수 있었다. 우리가 죽으면 무슨 일이 일어날 것 같으냐는 한 토크 쇼 진행자의 질문에 키아누 리브스가 한 대답을 종종 생각한다. 사후 세계의 유무를 묻는 질문이었는데, 그는 우리가 죽으면 사랑했던 사람들이 우리를 그리워하리라는 걸 안다고 대답했다. 우리는 사후에 누군가의 그리움이 된다는 걸 잊지 않고 싶다.

어릴 때 내 꿈은 동방생명 아줌마가 되는 것이었다. 내가 아는 나이든 여자들은 죄다 돈 버는 일을 하고 있었고, 나는 그 여자들을 언제나 흠모해왔다. 그들에게 바치는 마음으로 「미래의 끝」을 썼다.

내게 있어 소설은 언제나 처음에 쓰려던 이야기와 조금 다른 자리이거나 전혀 다른 지점에서 멈춘다.

이제는 도약한 자리가 아니라 착지한 자리가 소설이 된다는 것을 알 것 같다.

그 낙차가 소설 쓰는 나를 조금 나아지게 만든다는 것도, 그렇기는 해도 나아진 채로 삶이 지속되지 않는다는 것도 알 것 같다.

이 낙차와 실패를 잘 기억해두고 싶다.

2021년 봄

편혜영

| 수록 작품 발표 지면 |

어쩌면 스무 번 …… 『씁』 2018년 하반기호

호텔 창문 …… 『자음과모음』 2018년 겨울호

홀리데이 홈 …… 『문학동네』 2020년 여름호

리코더 …… 『릿터』 2019년 10/11월호

플리즈 콜 미 …… 『대산문화』 2016년 가을호

후견 …… 『창작과비평』 2017년 겨울호

좋은 날이 되었네 …… 『현대문학』 2015년 5월호

미래의 끝 …… 『현대문학』 2020년 10월호

문학동네 소설집
어쩌면 스무 번

1판 1쇄 2021년 3월 17일
1판 5쇄 2021년 4월 23일

지은이 편혜영
책임편집 김내리 | 편집 오윤 이상술
디자인 김마리 유현아 | 마케팅 정민호 이숙재 우상욱 정경주
홍보 김희숙 김상만 함유지 김현지 이소정 이미희 박지원
제작 강신은 김동욱 임현식 | 제작처 영신사

펴낸곳 (주)문학동네 | 펴낸이 염현숙
출판등록 1993년 10월 22일 제406-2003-000045호
주소 10881 경기도 파주시 회동길 210
전자우편 editor@munhak.com | 대표전화 031) 955-8888 | 팩스 031) 955-8855
문의전화 031) 955-3578(마케팅) 031) 955-8864(편집)
문학동네카페 http://cafe.naver.com/mhdn | 트위터 @munhakdongne
북클럽문학동네 http://bookclubmunhak.com

ISBN 978-89-546-7760-8 03810

www.munhak.com